글벗시선 152 황규헌 열한 번째 시집

소나무의 영토

황규헌 지음

출간의 여정

언제부턴가 주변에서 아니면 매스컴에서 열심히 일하며 사시는 분들의 일화나 현장을 볼 때에는 존경스러움에 왠지 부끄럽고 죄를 지은 것 같은 느낌이 들기도 한다. 글을 쓴다고 거품처럼 떠돌지는 않았는지 필요 없이 낭만이라는 명분을 내세워 사치스런 감상으로 교만하지는 않았는지 그리고 그런 핑계로 나를 위로하고 정당화한 적은 없는지 수많은 생각들이 나를 되돌아보게 한다.

나에게도 열심히 살겠다는 신념으로 20대 초반 좌우명을 작성하여 마음에 걸어두곤 했는데 잊어버리고 살은 순간도 많은 것 같다.

    情神은　淸 强 勤 하고
    마음은　眞 志 慈 重 하라.

(정신은 맑게 가지되 굳센 의지로 부지런함을 잃지 말고,

마음은 진실한 가운데 바른 뜻으로 자비로운 품위를 갖춰 신중하게 처신하라.)

그러나 지금 생각해보면 그 뜻과는 달리 많이 부족하게 살아온 것 같다. 목표는 정했지만 과정은 일관성 없이 흔들리기도 했으며 결과는 초라하지도 풍요롭지도 못한 것 같다. 어느 분야에서 경지에 이르려면 혼신의 집중으로 그리고 일념으로, 정진에 정진을 거듭해야 하는데, 그리고 죽음의 경계에도 이르러 간신히 회생하는 굴곡도 있어야 할 정도로 여념이 없어야 하는데 과연 나는 그런 시련을 몇 번이나 극복하고 지금에 이르렀는지 회상에 잠겨보기도 한다. 앞날을 걱정하지 않을 정도로 재물을 모아둔 것도 없고 한 경지를 열은 것도 없고 그렇다고 성공의 삶을 살았다는 명분도 부족하다. 그러나 후회하지는 않는다. 꾸준히 변함없는 생각으로 게으르지 않으며 사색으로 삶의 텃밭을 소유하고 앞으로 남은 생 덤으로 여기려 한다. 욕심 부리지 않고 온유한 마음으로 어리석은 행동을 삼가며 초연히 살겠다는 생각이다. 명예나 영예도 비우며 그냥 주어진 여건 속에서 기도하는 마음으로 머무르고 싶다. 결코 마지막 이정까지 추한 모습 보이지 말고 총기가 남아 있을 때 홀연히 떠나가는 내 그림자를 그려보고 싶다. 봄이면 꽃이 피어 뜨거운 여름을 지나 단풍의 계절에서 씨앗을 맺고 순결한 눈처럼 영혼을 맑게 간직하고 떠나고 싶다. 내 삶은 그것으로 충분하다. 모든 것들이 변한다 해도 끝까지 변치 않아도 되는 진리가 있다면 마음의 심지에 촛불을 밝혀 초연해지는 내면의 세계에서 나는 나의 향기를 완성하고 싶다. 일부러 작은 재주를 알리려 하지 말고 감당하지 못할 명분은 겸허히 사양하며 과거에도 현재에도 미래에도 일관성 있게 그냥 자유로운 영혼으로 살고 싶을 뿐이다. 언제나 뜻이 있는 길에서 길 없는 길을 찾아 생명의 여건을 만들어 휴식의 공간을 아름답고 편안하게 꾸미며 그 곳에서 끝내는 펜을 거두고 또 다른 자유를 얻을 수 있다면 이 삶이 아름답지는 않았어도 초라한 자화상으로 얼룩지지는 않으리라.

그냥 고맙고 감사하다. 이 졸저를 끝까지 정독해주신 독자님들, 그리고 나의 주변에서 응원과 호응을 보내신 분들, 또 비난과 힐난으로 끝없는 인내의 한계를 넘어 무량한 세계를 열어주고 깨우치며 나를 다시 일으키던 눈빛들, 은혜로운 기도로 행운을 빌고 싶다.

2021년 10월 도봉산 근교에서

초야문인 월혜 황규헌 拜上.

차 례

■ **시인의 말** 출간의 여정 · 3

제1부 소나무의 영토

1. 쌍산제 · 15
2. 들려오는 숨결 소리 · 16
3. 신비神秘의 자연 · 18
4. 푸른 하늘의 구듬다리 · 20
5. 떠나간 사람들 · 22
6. 황금의 엽서 · 24
7. 소나무의 영토 · 26
8. 공존과 공멸의 역학 · 28
9. 8월 그날의 벽화 · 30
10. 들녘의 향기 · 33
11. 분할의 시대 · 34
12. 고요한 마음 · 36
13. 산책의 미로 · 38
14. 가을날의 약속 · 40
15. 산사의 메아리(2564년 봉축일) · 41
16. 성녀聖女의 미소 · 42
17. 우리가 살아가는 이 땅은 · 44

제2부 저 언덕길에

1. 풀씨처럼 · 47
2. 가을 아침 · 48
3. 저 언덕길에 · 50
4. 꽃이여 · 51
5. 사랑의 산책로 · 52
6. 잃어버린 관계 · 54
7. 꽃의 계절에 · 56
8. 흔들리는 불꽃 · 57
9. 너의 창가에서 · 58
10. 나비는 · 60
11. 애원의 꽃 · 62
12. 믿음의 촛불 · 63
13. 인연의 노을 · 64
14. 공원의 명상 · 65
15. 바람의 끝 · 66
16. 그네 · 67
17. 저물녘의 명상 · 68

제3부 소중한 가치

1. 공간의 쉼터 · 73
2. 아름다운 발견 · 74
3. 우리의 사유思惟를 찾아서 · 76
4. 소중한 가치 · 78
5. 무위자연無爲自然과 존재 · 80
6. 바람 부는 날 · 82
7. 명상의 언덕 · 83
8. 사유思惟의 힘 · 84
9. 인공 섬의 슬픔 · 86
10. 양지의 골목 · 88
11. 향수香壽 · 89
12. 빛의 선율 · 90
13. 나를 찾아서 · 92
14. 너를 찾아서· 94
15. 돌미역 · 98
16. 우리들의 사계四季 · 100

제4부 부엽토

1. 적막한 시간 · 103
2. 부엽토腐葉土 · 104
3. 이 여름의 끝 · 106
4. 여름의 굴곡 · 108
5. 2020년 그 여름 · 111
6. 산모기 · 112
7. 별빛 위의 집 · 114
8. 숲과 하늘 바람 · 116
9. 4월의 유혹 · 118
10. 7월 첫날의 이른 아침 · 119
11. 풀잎의 향기 · 120
12. 우울한 명상의 시절 · 122
13. 비밀의 오솔길에서 · 124
14. 인욕忍辱에서 다스려지는 길 · 126
15. 염전鹽田과 햇빛 · 128
16. 마음의 분수分數 · 130
17. 타령조 여름 · 131

제5부 쑥의 기원

1. 목련의 향기 · 135
2. 패랭이꽃 · 136
3. 노란 수선화 · 138
4. 이름 모를 꽃 · 140
5. 소루쟁이 · 142
6. 쑥의 기원 · 143
7. 쑥의 인연 · 144
8. 흰 두메양귀비 · 145
9. 모란 앞에서 · 146
10. 금계국 · 148
11. 자리공 · 150
12. 돼지감자 · 152
13. 부들 · 153
14. 희망의 견적서 · 154
15. 어떤 날 · 156
16. 야시시夜時時 · 158
17. 큐피트의 화살 · 159

제6부 바람의 벽화

1. 영예로운 길 · 163
2. 황무지의 바람 · 164
3. 고목의 향기 · 166
4. 님의 눈물은 바다로 흐르고 · 168
5. 숨어 우는 앵무새 · 170
6. 아름다운 경험 · 172
7. 무심無心의 정원 · 174
8. 떡시루 · 176
9. 공덕비 앞에서 · 178
10. 순리의 빛 · 180
11. 맥박 · 182
12. 떠나는 계절 · 184
13. 숨 쉬는 철학 · 185
14. 동거 · 186
15. 바람의 벽화 · 188
16. 낚싯밥 · 190

제1부

소나무의 영토

쌍산재

곧게 뻗어 하늘로 향한 대나무의 절개처럼
선비들이 머물던 고요한 곳
명예와 영예를 초연하게 초월하여
오롯이 학문에 뜻을 두고
독서로 마음을 청결하게 채우던
오래된 아담한 한옥에는
이슬 같은 낮과 밤의 적막함이 무겁다

지리산이 내려주는 감로수는
천년의 세월을 두고 끊이지 않고
정원을 지나 숲속에는
선비의 넋이 상사화로 자라
낭랑하게 글 읽는 소리가 들리는 듯
바람은 대숲에서 새소리를 품고
가볍게 떠가는 흰 구름은 맑기만 하다

*쌍산재: 구례에 있는 오래된 전통 한옥, 선비의 가풍이 우아하게 숨 쉬는 공간이기도 하다.

들려오는 숨결 소리

헤아릴 수 없는 시간을 넘어 솟아있는 산에
어찌 슬기로운 전설 하나 없을까
대물림으로 살아온 터전
희로애락의 봉우리에
화려하게 피어나는 수많은 꽃들
암석 속에 숨 쉬는
황토의 붉은 빛깔 무늬로
어찌 아름다운 별빛 하나 없을까

영원한 생명력으로 출렁이는 바다
어찌 꿈같은 소원인들 없었을까
태양과 석양으로 교차하는 곳으로
무수한 삶의 노고지리가 피어나는 수평선은
아직도 기다림에 지친 비원의 망부석
이별과 만남의 애환인들 어찌 없었을까

젖줄처럼 흐르는 강의 유구한 물줄기에
어찌 노 젓는 사공 하나 없었을까
강처럼 살다가 세월 속에 사라져간
문명의 발원지에

침묵으로 가라앉은 시간의 흔적
어찌 보름달의 숨은 사연인들 없었을까

끝없이 펼쳐진 너른 들녘에
어찌 땀에 젖은 눈물인들 없었을까
무명 저고리에 흠뻑 젖은 아낙의 숨결
어찌 풍년인들 염원하지 않았을까
우리네 삶은 돌고 도는 물레인 것을
어찌 몸살을 앓다간 신음소리 하나 없었을까
우리네 삶은 사랑으로 얼룩진 희망
안타깝고 아쉬워도
버려야 하는 것이 많았던 삶인 것을
호수에 잠긴 달은 맑은데
갈바람의 흐느낌은 이슬 같은데

신비神祕의 자연

바람과 구름 물과 태양 시간이 빚어낸
자연의 비경은 마음에서 감응되는 예술
언어로 감당할 수 없는 표현의 한계는
소통을 위한 밖의 경계이고
교감하는 내면의 경지에서는
조금씩 열어주는 신비하고 신성한 세계이다

헤아릴 수 없는 세월
하늘 아래 자상 위로
수많은 비경은 고요하지만 풍요롭게
투명한 침묵으로 연기를 연출하고 있다

산과 강 바다에는
서로 힘의 균형을 나누고 의지하며
영구한 공존의 영역을 창조하며
인생은 잠시 머물다 가는 나그네

신앙과 철학도 인생과 과학 학문도
그 깊은 내력에서는 부족한 미완의 한계
파도는 뭍으로 밀려와 절벽을 만들고

바위에 부딪치며 그려놓은 물살의 무늬
거친 한지韓紙를 층층이 겹쳐놓은 듯
수없이 쌓여간 세월의 자국은
범접할 수 없는 영역의 멀고 먼 거리

자연은 오늘도 내일도 흔들림 없이
보이고 보이지 않는 지상에서
흔적 없는 변화에 순응하여
모이고 흩어지며 새로운 경지를 완성하고 있다

푸른 하늘의 구름다리

순결한 영혼들은 아직도 민족상잔民族相殘을 못 잊고
산 준령에서 흰 구름으로 맴돌다
노을이 내리면 선홍빛 가슴으로
백두산 천지에서 한라산 백록담까지
민족통일을 염원하며 아쉬움을 달래는 듯
무수히 피어나는 꽃술에서
슬픈 눈망울로 젖는다

1945년 일제에서 해방
1950년 민족동란의 기나 긴 새벽
2000년 6월 기다림의 1차 남북 정상회담
2007년 10월 육로를 열어 2차 정상회담
2018년 4월 옥류관에서 피던 희망의 불빛
2020년 6월 16일 폭파된 남북 연락 사무소
서로 거리낌 없이 소통할 장소마저 사라지고
흐르는 세월 속에 전운이 감도는 이 땅
아직도 서로 신뢰하지 못하는 미명의 하늘이다

방법의 선택이 어떤 건지 모르지만
서로가 합의하여 맺은 조약이라면

그래도 지켜야 하는 이 강산의 희망
무엇이 그렇게 어려운지
단절되고 이음을 번복하는 서로의 껄끄러운 약속은
밝음과 어둠 불안과 희망이 되어
아직도 걷히지 못하는 이념의 벽에서
가파른 역사의 아쉬운 가슴앓이인가 보다

무궁화도 목란도 70년을 피고 졌는데
도라지도 진달래도 먼 시간의 슬픔인데
찔레꽃도 장미꽃도 이 땅의 눈물인데
민들레도 개나리도 노란 기다림인데
언제 다시 서로가 부둥켜안고
거울의 역사로 의인들의 넋을 품에 안을는지
가도 가도 적막의 땅
다시 한 번 하늘과 산천이
겨레의 희망, 모두의 불꽃으로 밝아지려나

떠나간 사람들

재개발 지역 야산 밑 아파트 건설현장
아침 7시가 넘으면 다시 일이 시작되는지
굉음 소리와 함께 적막이 사라지고
태양은 사람들의 틈새에서 점점 붉어진다

본의 건 타의 건
빌라와 오두막집이 하나씩 철거되고
이제는 폐기물로 뒤덮인 횅한 공간
무슨 알 수 없는 아쉬움이 있어
끝까지 이주를 거부하던 세대도
지금은 모두 떠나간 자리

풀잎 위를 가로질러 분주한 기계들은
가파른 언덕도 깎아 평지로 만들고
부지 공간을 확보하려
여기저기 오가며 지형을 바꿔간다

아마도 지하 공간 기초 작업인 듯
탕 탕 탕 두두두~둑 팡~~팡
줄기차게 이어지는 둔탁한 협음은

오래오래 대대손손 살고 싶었던 사람들의
가슴에서 울리는 고동인 듯
먼 산을 휘감고 다시 돌아온다

아득한 곳으로 상상의 비밀도 새록하다
서로 사랑하며 야릇한 밤을 보냈을 부부
아장아장 걸어 노란 차를 기다리던 아이들
황혼의 짙은 한숨으로 물들던 사람들
객기로 세상을 번쩍 들어 뒤흔들던 젊음들
널따란 공간 평지 위로
근로자도 하나씩 늘어가고
떠나간 사람 다시 오는 사람도 있을 것이고
새로운 터전에 뿌리를 내릴 사람들
밤이 야산 위로 이슥해지면
가끔씩 보름달이 산 중턱에 걸리고
유난히 별빛이 반짝이는 건 변함이 없다

황금의 엽서

벼들의 속삭임이 톨톨이 여물어 갈 때
임을 찾아 광주 5.18 묘역에 들렀습니다
농부의 지순한 순결 눈물과 땀이
비로소 결실로 황금 들판을 이룰 때
참다운 의미와 진실로
농부의 발바닥을 애틋하게 사랑한 임이시여

언제나 그리움 저편에
필력으로 아롱진 임의 가슴
민족과 민중의 한 많은 애환을
그렇게 사랑하시다
소박하게 잠드신 임의 묘비에
헌화를 올리며 망연해진 세월의 침묵 위로
하얀 꽃송이로 채워보는 임의 연서
평화를 염원하신 임의 뜻 받들어
숙연히 무릎 꿇고 참배를 올립니다

수많은 백지의 사연 속에
~참되고 성실하게 살아라
도유 부처, 시인도 부처의 경지에 이르러야

만물의 묘연한 이치를 알고
순리를 거역하는 과오가 없다 하시며
늘 당부하시던 임의 그리운 속삭임

어느 겨울날 얼굴을 이 작은 가슴에 묻고
일생의 외로움과 고독을 참아내시던
하얀 눈의 밤
임은 있고도 없고
임은 없고도 있다는 마지막 편지는
아직도 헤아리지 못하는 일생의 숙연
하늘은 그렇게 맑고 높은데
국화는 어쩌라고 노란 그리움인데
벼들은 자꾸만 고개를 숙이는데
임의 창가에서 한참 사유의 향을 태워봅니다

소나무의 영토

태고의 숨결로 우리 강산을 지켜온
산과 산맥의 푸른 빛깔 침묵 속에
늠름하게 서 있는 아름드리 소나무
언제나 한결같은 솔잎 향은
오늘도 내일도 여명을 열어 새벽을 깨운다

반만년의 유구한 이 땅의 역사를 따라
민족의 굳은 뿌리로 내린
흙 속의 따스한 정기의 흐름은
변함없는 절개, 곧은 미래의 약속
땅과 땅을 이어 순결의 분노를 숨긴 채
하늘을 향한 지순한 숨결로
아직도 민족이 하나이기를 염원하는
얼룩진 매듭에 애환으로 고인 상처
끈끈한 송진의 응결에서 숨 쉬는 향기는
마를 줄 모르는 영혼의 기도로 서릿발을 품고 있다

홀로 있어도 군락을 이루고 있어도
이슬처럼 피는 천 년의 외로움과 고독
햇빛마저 차단한 소나무 그늘 아래

서늘하고 음습한 적막은
식물들의 접근을 허락하지 않고
그 비밀의 공간에 어떤 비원을 숨기고 있는 것일까
바람조차 숨을 죽이며 몰래 찾아와
기다림의 향유를 태우는 고결한 사랑은
초야에 묻혀 산화한 넋들을 달래고
이 강산을 지켜온 세월만큼
진실의 울림으로 날카로운 촉수를 세우며
이 땅은 영원히 우리의 땅이라 표적을 남긴다

공존과 공멸의 역학

과거의 전쟁은 인명을 살상하여
승리의 기준을 삼았지만
이제는 산업시설을 급습
뇌 부분을 초토화시키는 공상 과학의 실전이다
두뇌를 무력화시키면 통제기관이 마비되고
첨단 산업을 의지하여 살아온 인류는
그 여파의 충격으로 혼란이 가중되고
공황상태의 발전으로 수습하기 어려운 상황이 된다

이제는 모든 것이 변했다
칼과 총의 싸움이 아니고
첨단무기의 부활로 속전속결
그것은 평화와 공멸이 될 수도 있다

인류가 편한 삶으로 재편하기 위한 선택으로
개발하여 실험되는 첨단 과학의 실상은
이제는 자연과 환경 파괴로 병이 되고
인류가 인류를 위한 삶은 무엇일까
운명의 숙제로 급부상
땅속에서 뽑아낸 자원은

지상의 하중을 증가시키고
결국 재활용을 한다 해도 언젠가는 폐기물
인류의 터전 저변에서 황무지로 변해가는
지구의 몸살은 가속화로 진행 중

하나를 얻으면 하나를 잃게 되고
자원을 뽑아낸 공간은 무엇으로 메꿔질까
그 때문일까 자주 일어나는 싱크 홀 현상
주택이 순식간에 침하되어 흔적 없이 사라지고
온도의 상승으로 녹아내리는 빙산들
활발해지고 거세지는 태풍의 위력은
순식간에 삶의 터전을 급습
강과 바다 땅을 분간하기 어렵게 하고
이상기후 변화로 활발해져
생명의 숨통을 조이는 신종 바이러스나 질병은
전쟁보다 참혹한 보이지 않는 제3의 핵이다

8월 그날의 벽화

자유를 찾아 환희로 외치던 만세소리
칡넝쿨 *환삼덩굴도 모진 생명력으로
민족의 정기처럼 수목을 휘어 감고
줄기차게 뻗어 오르는 8월의 그날
끈질기게 피고 지는 무궁화 만발한 강산에
새벽의 여명은
세월이 흘러도 여지없이 생동으로 밝아 오고 있다

온 민족이 일어나 해방의 물결 위에
마음으로 새겨지던
정신의 벽화에 각인된 함성은
그날을 잊지 못하고 또렷이 살아
함성으로 초목을 일깨우던 강산에는
폭염보다 더 뜨거운 마르지 않는 눈물의 흔적이
새로운 도전과 번영의 항로를 찾아
줄기차고 끈끈하게 요동치고 있다

가야 백제 신라의 정신을 외면하고
일본 문화에 고대 역사가 없는 것은 너무 옹색하다
왜곡된 시간을 손바닥으로 하늘을 가리듯 하지만
미개인을 문화인으로 성숙시킨 정신 근간의 뿌리가
한반도에서 흘러가 번영의 정신을 일깨웠고

고대 중국의 영향을 많이 받았다 하나
일본의 역사는 가야 신라 백제를 벗어나면 미궁의 역사다
사천 오백 년 전 단군 신화에서 가닥을 모방한
1,400년 전 일본의 흡사한 건국 신화
그 후 노략질과 임진왜란 정유재란으로
우리 강산을 넘보던 왜인의 기질은 아직도 멈출 줄 모르고
근대사의 치욕스러운 36년의 만행은
고마움과 은혜를 저버리고 저지른 음흉한 야욕
뿌리 깊은 나무는 베어도 다시 살아
무성한 숲을 만들고 뿌리가 살아 있는 한
결코 없어지지 않는 정신의 본향이다

1919년 7월 강제징용 피해자 배상 판결에 불복
검은 칼을 빼든 일본의 경제보복
아직도 우리 민족을 유린하려 하는 발상은
꼭꼭 숨긴 이리 발톱처럼 가증스럽다
정치 집결을 유도하기 위해
유일하고 뻔뻔하게 빼드는 대한민국 카드
그 속에는 전쟁 국가로 재편하기 위한
노림수도 꿈틀거리고
경제보복에 항복할 줄 알았던 엇갈린 정책은
우리 민족에 희망을 불어넣은 그대들의 망상
우리는 단호하게 축적된 기술로
신소재 자체 개발에 성공
일본 제품 불매와 관광 자제로
휘청거리는 건 그대들의 경제이다

불화수소도 국산화로 대체하는데 성공
반도체의 핵심 소재도 해결해
이제 일본 기업들이 우리 땅으로 진출해 오는
이변의 움직임도 빠르게 진행되고 있다
그대들의 보복은 실패하고 망상의 정책은
우리 민족을 도와준 격 고마운 일이다

이제는 멈추어라, 그대들의 야비한 음모
어떻게든 트집을 잡아 흠집을 내려고
불경스럽게 치근대는 그대들의 발상은
2020년을 넘어 이제 설 곳이 없다
전범의 국가로 과거를 겸손히 사죄하고 바른 방법으로
어둠의 터널을 지나 화해의 손으로 용서를 구하라

이제 국제 보건기구 국제 전염병으로 지정된
코로나 19에도 잘 대처하고 있어
세계 모범 국가로 부상하는 한반도의 기류
신뢰의 선망으로 국력이 세계의 중심에 우뚝 서
화합의 정책 외교의 번영은
우리 민족이 그대들의 농간에 갈라진
분단의 벽을 넘어 강대국으로 변모하고 있다

* 환삼덩굴: 삼과의 한해살이 덩굴, 생명력과 번식력이 강하며
율초라고 하고 강한 생명력과 번식력으로 생태교란 야생생물로
도 불린다.

들녘의 향기

가장 안 좋은 순간이 더 좋은 기회를 감지할 때이고
가장 싫은 고비를 넘어
가장 값진 사랑을 얻으려는 노력은
앞날의 맑은 예지를 실현하기 위한 인내
쉴 새 없이 흐르는 세월에
가장 깊은 눈물은
나를 일으키는 마음의 첩경이다

길을 가다 예상치 않은
당혹한 우연의 순간에 직면할 때
어쩔 줄 모르다가
겨우 위기의 순간을 벗어나고 나면
나도 모르게 부족함에 겸허해지는 현실

보랏빛 삶은 처연하게
다시 무슨 의욕에 불꽃을 피우려 함인지
망연히 먼 산을 향해
모나지 않은 세상을 그려보며
차분하게 나를 비우는 시간
언젠가 믿음의 현실은 지난 과거에서
거슬러 오르는 연어처럼 진줏빛 꿈이 되어
나를 사랑한 빛, 푸른 구름으로 흐르리

분할의 시대

인터넷에 올린 글에
표정과 댓글이 수없이 올라와도
출간된 서적에 좋게 작용하는 것은 없다
그저 독자들은 편히 쉬어 머물다 갈뿐
꼭 책을 구독하고 싶은 생각과는 별개다
그래도 고마운 일, 처음의 인연은 좋은 느낌
구독은 선택의 자유 신만이 아는 영역
시대가 변해도 진실이 있다면
한줄기 빛, 쉬고 싶은 양지일 뿐이다

육신의 허기와 관계없이 맛에 이끌리는 것은
정신적 굶주림보다 앞선 관능적 욕구
정신적 풍요로움보다 육신의 유혹에 관대하고
물질적 집착에 바다처럼 고이는 것은 욕망의 굴곡
우리는 서로를 할애하며
본인의 취향을 먼저 선택하는 것은 본능
다른 것에 관대한 관심은 귀하고 아름다울 뿐이다

정신과 육신의 균형이 같음은 건강한 이념
둘이 아닌 하나의 세계

우리의 사랑과 관심이 엇갈린다 해도
그냥 편히 스쳐 가야 하는 관계
홍수처럼 쏟아지는 문화의 혜택에
나를 잃어버리고 흔들리는 물결에
사랑은 있다가도 없고
사랑은 없다가도 있어
행운의 그림자를 바라보다
진실한 행복의 가치를 깨닫고 나면
황혼의 수평선에 기우는 시간의 열매
흐르는 세월 속에 인생은 외로운 것인지

고요한 마음

조용한 마을에 어둠이 오면
실내의 불빛은 하나둘 켜지고
밤은 깊어갈수록 실내등은
하나둘 꺼지면서
수은등만 그대로 이슬의 밤을 지키고 있다

인간은 자연을 정복하는 게 아니라
자연에 인간이 순응되는 것이 아닐까
낮과 밤을 인위적으로 조율할 수 없듯이
자연의 현상은 언제나 변함없이
꿋꿋하고 한결같기에
생명은 그 이치를 바로 알아
생활의 지표를 세우고 적응하려 노력한다

우리들의 시간은 그렇게 길지 않다
자연의 순간에서 보면 촌각이다
한 생명이 살아도 천 년은 살 수 없고
자연의 수명은 전에도 생명보다 길었고
후에도 더 영구할게 이어질 것이다

오로지 그 공간을 초월하여
생존할 수 있는 것은 껍데기가 아니라
보이지 않는 마음과 영혼의 존재이다
우리가 경험하지 못한 사후의 세계
그것은 있기도 하고 없기도 하다
실질적으로 경험이 불가능한 영역
종교를 통하여 신화나 믿음을 통하여
그저 영감으로 얻어지는 세계
우주는 잃어버린 것을 찾지도 않고
자연은 얻어지는 결과도 원하지 않는다.

산책의 미로

흔히 우리는 보이지 않는 SMS의 공간에서
사랑이라는 좋은 말을 많이 쓰고
인생에 관하여 고상한 가르침을 논하고
우주관과 이상을 정립시키는 것을 자주 본다

그러나 그건 분명 한계도 있다
숙성되지 않은 의식의 역량에서
언행의 습관을 고상하게 꾸미려는 위선
차분히 그런 류의 의도를 깊이 살펴보면
자기도취에 함몰되어
아직 설익은 객기의 모험도 보인다

전문적인 분야에서 인격과 품위의 대가도 필요한 것
사랑을 말하지 않아도
사랑하면 사랑이고
인생관에서 묵묵히 스스로를 절제할 줄 알면
그 인생은 굳이 교훈적이고
자기중심적인 인생을 말하지 않는다

그런 류의 현실은 막상 위기나 욕구의 관문에서

그 사람을 겪어 보면 평소의 마음을 안다
인색하지만 고상하고 우아한 척
인간의 정으로 수습될 것도
그는 곧잘 외면하며 모호한 방법을 선택 한다

세상에 신성한 곳은 귀하다
예술로 자기 결점을 남기는 사람들
종교로 자기를 포장하는 사람들
정치로 자기를 속이는 사람들
수많은 영역에서 실망의 순간을 경험한다

가을날의 약속

사랑도 미움도 꽃처럼 젖어 내리는 가을
붉게 타는 가슴 아래
새로운 봄은 다시 시작된 것인지
황홀한 빛깔의 늪에서
눈물은 이유 없이 붉어만 진다

노을빛에 투영되어 선홍빛 피로 고운 단풍은
어느 임의 애타는 가슴이기에
무겁던 마음의 짐마저 황홀하게 거둬가는 것일까
더러운 것도 울긋불긋 여과하여
가장 화려한 비경을 연출한 산과 들
황량한 숨결은 고요하기만 하고
잃어버린 과거 수줍은 참회는
이제 익어 고개를 숙이는 것인지
깨끗해질 수 있는 여정에 마침표를 찍는다

수없이 스쳐간 단풍의 절정에서
아름다워야 할 이유를 알았던 인생
잘못된 지난날에서
얼룩진 티 하나 꺼내어 숙연하게 보내고
비로소 알게 되는 향기로운 목숨
고요해지는 순간 하늘은 높아만 진다.

산사의 메아리 (2564년 봉축일)

푸르른 고뇌도 꽃으로 화현하여
싱그러운 서로의 마음
하늘은 청정법신 비로자나불로 푸르고
꽃들은 석가모니불의 은은한 미소로
흐르는 물은 불보살님의 법 향으로
아직 남은 티를 닦아내려 길을 나서면
찬란한 오색 연등의 거리

식물들의 꿈은 초록빛 바다에서
푸른 건반을 건져 올려
생명의 협주곡을 완성하고
생명들의 귀와 눈 입과 코는 새소리에
한결 완숙하게 희망을 감지하며
의식의 목마름을 덜어
향긋한 풀잎 위에서 영롱하기만 하다

수은등 불빛 아래 일몰의 잔정이
진실한 나날을 즐겁게 하는
오늘은 석가모니 부처님이 오신 날
자애로운 바람에 흔들리는 풀잎
가고 오는 것이 무심이라 한가롭고
무궁한 복덕이 가득한 정성의 갸륵함은
오늘도 내일도 변함없이
우리들의 가슴에서 하나의 빛이 된다.

성녀聖女의 미소

강원도 철원 심원사 명주전明珠殿에는
모든 생명을 다 성불시키고 지옥이 없어지면
마지막으로 성불의 대 원력을 세운
지장보살님이 선정에 들어
그윽한 연민으로 사바세계를 굽어보시며
황홀하고 목화솜처럼 포근한 미소로 의문을 남긴다

깊은 산속도 아닌 마을의 주택과 어우러져
숨을 쉬는 성지 보개산 자락
수많은 설화는 지금도 살아
이적異蹟의 영험이 수시로 나투는
신성한 공간 성스러운 전각에는
언제나 수많은 생명들이 감응을 받으려
수행을 쌓고 소원을 발원하며
참회와 원력으로 맑고 깊은 신심信心을 깨운다

어두운 마음을 밝혀주는 구슬이 명주라면
수많은 생명의 진통은 희열로 발현하고
괴로움과 슬픔 아픔의 상처까지
스스럼없이 받아들여

의지와 바람으로 긍정의 힘을 주는
작은 석상 묘연한 미소의 좌상은
소탈하게 살아가는 넉넉한 아낙의 모습

많고 적음과 높고 낮음을 여의고
좋고 나쁨과 옳고 그름을 초월하여
성현의 구경각마저 초탈한
신비스런 미소는 모든 생명의
아픔과 근심을 녹여 가슴에서 여과하는 듯
수많은 생명의 갈증을 받아들여
법향의 감로수로 연꽃을 피워 올리는 듯
개금과 장식의 사치를 거부하며
유정물 무정물 구분을 벗어나
모든 생명의 정수리에서 생환의 빛이 되어
영원한 침묵으로 자력의 의지를 돋아 준다

우리가 살아가는 이 땅은

꽃을 보며 꽃을 알면
불보살님의 화현을 친견함이요
그윽한 향에 마음이 고요해지는 것은
법 향에 머무는 진리의 향기
열매에 씨앗이 맺혀 윤회하는 것은
거룩한 승보의 발자취일 것이다

이 국토는 불법으로 인연이 되어
고구려 신라 백제 삼국시대에도
민생의 뿌리에 염원의 희망이 되었고
국보로 지정된 문화유산 80% 이상이
지금도 찬란했던 불교문화의 유산으로
우리들의 정신에 꽃을 피우고 있다.

제2부

저 언덕길에

풀씨처럼

모든 것을 주어도 아깝지 않을
귀한 인연을 만난다는 것은
그것은 덕으로 쌓아 온 착한 행위의 결실
우주의 절반은 얻은 기쁨이다

가장 귀한 것도 다 주고 싶으며
나보다 그를 더 배려하고
행복의 빛을 나눠 교감하다 보면
인생도 사랑도 늘 외롭지는 않거늘
필요 없는 망상으로 무엇을 탐하랴

구하여도 갈증에 허덕이는 것은 인색한 내면의 거울
복은 구하면 쉽게 얻어지는 행복
덕은 구하지 않아도 이뤄지는 행운

물질의 노예가 되지 않고
물질의 주인이 되어
사랑과 행복을 다 소유할 수 있다면
더 이상 곤혹스럽지는 않을 것이고
있음과 없음도 덧없는 마음의 티끌
언제나 한가한 마음속에
반짝이는 모래 위를 흐르는 물처럼
날이면 날마다 오늘도 내일도
아름다운 그림자가 나를 비추리라

가을 아침

지상에서 가장 아름다운 빛깔들이
그리움과 사랑 이별의 무늬로 채색된
하늘과 땅은
저토록 슬픔과 고뇌의 한 줄기를
눈물로 쏟아내며
우리의 삶을 잠시 쉬어가라 한다

얼마나 가슴 졸여 기다리던 순간인가
부는 바람에도 너울너울 흔들리며
마지막 교향곡을 완성하고
바다에서 강에서 들녘에서
서로가 서로를 향해 빛이 되는데
하롱하롱 지는 이별의 손짓 하나에도
지상의 진리는 더 이상 아름다울 수가 없구나

때가 되면 알게 되리라
그런 조화가 우리들 눈물의 정점이었다는 것을
살며시 고개 숙여 전별을 고하는
푸른 잎에 고인 못다 이룬 사랑은
그렇게 보내버린 아쉽기만 했던 예감

인생의 꽃다운 청춘을 비워버린
쓸쓸한 고독의 텃밭 그늘에도
곱기만 한 그리움의 물결
비로소 우리는 하나가 되어
저 하늘과 땅을 잠시 소유하려
지나온 삶을 열어보는 맑은 의식은
촉촉한 이슬로 완성되어 풀잎에 눕는다

저 언덕길에

세월의 강가를 걷노라면
사랑과 슬픔도 있고
이별과 만남도 있어
노고지리는 꽃잎에 살며시 앉아
우리의 가슴에서 아침노을로 아롱진다

어제 보았던 꽃과 구름도
시간이 되면 모두 떠나고
텅 빈 벤치 빈 의자에 앉아
겹겹이 흘러간 계절의 흔적을 물으면
하롱하롱 떨어지는 낙화 속에서
인생은 아름답지 않은 허물을 벗어도 좋으리

너는 나의 사랑이 되고
나는 너의 이별이 되어
빈 찻잔에 새겨보는 외로움
사랑보다 더 진한 붉은 낙엽 위로
그려보는 길 없는 길
서로의 기다림은 그렇게 시작되려나
오늘 하루도 그렇게 멀어지고 있다

꽃이여

꽃 한 송이에도 거룩한 신앙은 깊고
인간의 화려한 언어보다
말하지 않아도 침묵의 분수로 솟아
따뜻한 피를 만들어 흘려보내는 향기가 있다

조용한 들길에서
이슬을 사랑한 해맑은 미소
언어보다 향기로운 고운 자태에
하늘은 넓고 미치게 푸른데
수많은 생명의 근원에서 늘 새로움을 찾아
새들도 나비도 벌도
꽃을 찾아 번식의 요람으로
아주 평화로운 자연의 순리를 터득한다

절절히 꽃은 피어 외롭지 않고
맺히는 순간마다 고요한 세상
어찌 부끄러움 없이 꽃 앞에 서서
아름다운 이상의 실현을 꿈꾸리

꽃은 꽃으로 돌아와 우리의 가슴에
투명한 물결로 맑은 여운을 남기나니
누가 만발하는 꽃의 틈새에 들어
예술을 완성하고 꽃으로 빚으리
그대 이름 꽃, 꽃 꽃~~

사랑의 산책로

미칠 것 같이 사무치게 갈망하던 사랑도
정말 자신의 분신처럼 믿었던
불길보다 더 뜨겁게 타오르던 애원도
그것이 정말 진실한 사랑이었는지는
세월이 지나 고요한 이성을 접하면
집착이었는지 사랑이었는지 알게 된다

집착은 소유욕과 탐욕의 갈등이고
사랑은 바다보다도 깊고
지평선 끝에서 만나는 하늘 같이
너무나 넓고 자연적인 되돌림이다

따사로운 태양 아래서
나의 그림자를 내가 끌고 가듯
진실한 인연은
사랑인지 미움인지 모르게
뼛속까지 정과 연민이 하나가 되어
진주를 슬기 위한 아픔과 고통
작위적이고 인위적인 사랑은
오래가지 못하고

서로의 좋은 감정에서 서먹해지면
그 후유증으로 몸살도 알아야 되고
극복해야 하는 시련으로 앙금도 남는다

인연은 만나고 헤어지는 숙명의 한계
언젠가는 나 자신과도 이별을 해야 하고
왔던 곳으로 돌아가는 우주의 섭리
흙과 물, 불과 바람을 의지해 살아왔던 만큼
끝내는 모두 원위치로 돌려보내는 것이다

모르리라
수많은 묘지 앞에 서면
알 수 없는 침묵에 농익는 의문
다정하게 보이던 부부의 무덤도
진정 사랑과 존경으로
사후의 세계도 한결같이 다정한지
잠들어 있어도 행복한 것인지
서걱거리는 억새의 겨울 삭풍이 휘돌아가고
알 수 없는 능선에 머물다가는 무지개
그 이유는 끝내 모르리라

잃어버린 관계

전용차로 대형 스크린 전광판 스크린에는
오늘도 미세먼지 나쁨이라고 쓰여 있다
언제부턴가
우리는 식수와 공기에 민감해지고
선택하여 마셔야 하는 물
마스크로 가린 얼굴의 표정엔
자생하려 숨은 눈빛들이 반짝거린다

살기는 참 편해지고 좋아졌는데
모든 것은 빠르게 변화하는데
세상은 쉴 새 없이 파동을 치는데
그 가속화되는 속력만큼
우리에게 다가오는 검은 그림자

밥보다 마스크가 더 귀하다는 현실도
대기오염으로 지쳐가는 지구도
계절 감각을 잃어버린 자연도
우리들의 틈새를 비집고 들어와
꼭 필요한 걱정으로 햇빛 창가를 가린다

우리는 오염된 터널 끝을 언제 지날 수 있을까
흐르는 물과 산소를 폐부 깊숙이 마셔
너와 나의 행복으로 순환시킬 수 있을까
자연이 싱그러운 미소로 화답하고
병든 지구가 몸살에서 벗어나
우리의 정신 신체 일부가 되어
믿고 사랑하는 영혼의 세계에서
영원히 공존하는 반려를 꿈꿀까

꽃의 계절에

산과 들 도처에 흐드러진 꽃들
사계절 이 땅에는 수많은 식물들이
기다리던 마음에 화답하며
맑고 밝은 꽃의 향연을 베풀어 준다

우리들 마음이 어우러져
향기로 머무는 곳에서
산과 들은 가슴을 열어
잠시나마 슬픔과 괴로움 애환과 고민을
환희로운 미소로 덜어주고
잠시 쉬어가라는 듯
여유 있는 모습은 모두의 사랑이 된다

가도 가도 삼천리 끝없는 꽃길의 계절은
우리의 삶에 온유한 지혜를 열어
존재하는 까닭에 이유를 심어주고
오고 가는 순리의 길이 되어
잠시나마 사색의 향유로
아름다운 본연 청청한 마음으로
같이 어우러져 살아야 하는 진리로
공존해야 하는 이유를 뿌리로 말한다.

흔들리는 불꽃

고요한 밤 잠 못 이루는 병동에도
잃어버린 계절 언덕 위로 피는 꽃
우리의 가슴을 곱게 물들이며
저마다의 꿈과 희망으로 채색되고 있다

먼 기다림 속에서
나는 너의 보라 꽃으로
너는 나의 분홍 꽃
서로는 붉은 눈물에 서로를 감추고
그윽하게 바라보아야 하는데
세상은 한 번씩 아픔도 주고
슬픔도 주고 사랑도 주고
그러다 조금은 숨 쉴 만큼 주는 행복

지금 고역의 위기에서 우리보고 어쩌라는 것인지
공포에 파란 하늘을 숨기며
격리도 되고 영원한 이별도 하며
전염병의 의혹에서 잔인한 삶을 위로하는데
약한 마음에 이르는 병마를 물리치려
혼의 다짐으로 불꽃도 살라먹어 보는데

꽃은 피어나 어려움을 견디라 하고
봄은 따뜻한 볕으로
산과 들의 정령을 깨워
우리들 곁으로 오고 있는데

너의 창가에서

나의 하늘에는 저토록 투명한 구름이
맑고 푸르기에
붓으로 듬뿍 먹물을 찍어
수묵화로 너를 아름답게 그리고 싶은데
그 거리는 멀고 가까워 나도 몰래
이슬에 젖은 너를 그리려다
맑고 투명한 아침을 그린다

너의 하늘에는 수많은 별과 바람과
생동감으로 출렁이는 바다와
너의 이야기를 들어줄 수 있는 소라와
너의 가슴에서 스르르 녹는 모래 결에
너의 희망과 사랑과 꿈과 미래가
너의 행복으로 그려지면 좋겠어

아프지 말고 건강했으면 좋겠어
포기하지 말고 이겨낼 수 있다고 말하면 좋겠어
너를 믿고 너를 사랑할 수 있으면 좋겠어

파란 하늘에 서로의 마음을 실어

하나의 나무가 되고
그동안 힘들었던 너에게
참았던 말을 해줄 수 있는 아쉬움의 눈물이
바다를 적시며
너의 가슴이 될 수 있다면
그때는 말해줄 수 있을 것 같아
미안해 고마워 너를 존경해

나비는

유충에서 벗어나 번데기로 탈피하여
하늘을 향해 날아오르는 나비는
언제 저 날개를 접을까
한 생을 맘껏 사랑하다
식물들의 가슴에 살며시 내려
혼을 다 소진하여 사랑을 나누고
다시 비상하는 나비야
그 청순하기만 한 날갯짓에
꽃은 생명의 부활을 꿈꾼다

가까이 다가서도 아는 듯 모르는 듯
날개를 접어 세운 단조로움
뭐가 그리 아쉬워 한참을 머물다
펼치는 날개에는
파란 바다가 눈물이 되어
싱그러운 촉수에 땀이 열매로 열린다

어디를 가던
내 먼 기억의 깊은 날개를 촉촉이 적셔
그리움이면

내 영혼의 그늘진 곳에 정원을 만들어
그대 사랑으로 나를 깨우고
떠나는 잎새의 이별에
내 마음도 고이 묻어
잔잔한 호흡으로 잠재워 주렴

애원의 꽃

아름다울 수 있는 조건에
파란 날개를 달고
초록의 향기를 담아
그리움이 물결쳐올 때
꽃은 꽃이고 싶어 꽃이 아니고
꽃은 꽃으로 살고 싶어 꽃으로 핀단다

사랑은 늘 그렇게 푸르려나
나는 너의 꽃으로
너는 나의 존재로
서로의 사랑이 아플 때
하나가 되기 위한 생명의 진통은
우리가 아름다움으로 가고자 했던 인연
하늘과 땅의 축복 속에서
영원한 사랑의 믿음이 되리라

믿음의 촛불

할 말이 있어도 침묵하고
진정으로 내면을 고요히 살피면
내 안에 답이 있고
모든 것이 스쳐 가는 인연이리라

살다 보면 싫은 것도 보고
좋은 것도 보내야 하며
진흙탕 속의 역겨운 곳에서
스스로를 정련할 때
비로소 하늘의 감응은 푸르게 열려
지난날의 거울로 빛이 되어
알게 되는 진실의 가치
고난의 언덕이 가파르고 힘들었던 과정은
다시 밝아 오는 아침이 되리라

인연의 노을

언제나 가슴 한편에 있는 사람이
즐거워할 때는 마음이 편하고
잠시라도 활동의 근거가 뜸하면
좀 불안감이 들며 궁금해진다

유난히 그리울 때
먼 바다를 생각하면
물결 위에 아롱지는 그대 모습
꼭 건강하게 오래 행복할 것이라는
자주 듣는 약속에 믿음을 심어 보지만
그래도 어딘가 모르게
허전해지는 이유는 왜일까

외롭고 힘들더라도 그대 곁에서
고독해지려는 그대에게
빈말이 아닌 사랑의 빛을 나눠주고
실수 없는 진실로 그대 안부를 물으며
그래도 차분히 위안의 그림자로
눈빛으로 서로의 약속을 확인하며
두 손을 꼭 잡아주고 싶은 그 사람.

공원의 명상

나를 사랑하는 그대 순결처럼
나의 사랑도 그대를 향한 촛불인데
어느덧 시간은 흘러 황혼의 능선에
아무도 모르게 꽃은 피고 지고
우리의 가슴은 꽃처럼 화사하단다

서로가 외로웠던 날
영혼의 화초 위에 늘 그려보던 영상
그대와 함께 있고 싶지만
인간의 삶이라는 건 긴 시간의 여정에
아름다운 것보다 싫은 것도
견디고 살아야 하는 까닭은
아직 미완의 가냘픈 파문
그대를 끝없이 기다려
우주의 큰 믿음이 되고 싶다

어느 날 그대 곁으로 나는 가고 있겠지
나보다 그대를 사랑하는 마음이
석류처럼 익어갈 때
내 안에서 조용히 스러질 그대의 눈빛

바람의 끝

지방에 내려와 일을 끝내고 나면
머지않아 추석도 돌아오고
이제 계절도 바뀌어 하얀 이슬에
나뭇잎도 전별을 고하는 바람이겠다

폭우와 태풍이 지나고
이제는 좀 걱정이 가셔지는 날씨
폭우도 태풍도 미안하다는 듯
가을 앞에서 숙연하게
지나쳤던 과거를 되돌아보는 것 같다

언제나 계속되는 아픔과 슬픔은 없다
모든 역경도 언젠가는 지나가고
시련을 겪으며 지난 시간에 몸서리친
악몽 같은 과거가 있더라도
돌아오는 현재와 미래는 알 수 없는 것
머나먼 인생의 항해에
희망과 의지만 있으면 죽어도 살아
그만큼 아름다웠던 행복
파란 나뭇잎은 오늘도 파란 하늘을 만나
높은 이상의 구름처럼 흘러
머지않아 오고 가는 이별을 알린다

그네

누가 앉았다 갔는지
그네의 빈자리엔 가을이 흔들리며
찬바람이 바닥에 철퍼덕 앉아
어두워지는 공간에서 그리움으로 남는다

이미 멀리 떠난 당신의 눈물일까
풀벌레소리 아직 푸른데
당신은 가고 마음엔 기다림만 남아
슬픈 향기가 가시지 않은 체
마음은 어두워지는 하늘에
흩날리는 낙엽 되어
반짝이는 모래, 수은등 불빛 아래
그네처럼 빈자리로 맴돌다
노란 은행잎으로 잠이 든다

저물녘의 명상

그동안 수많은 시를 썼는데
아직도 만족할만한 걸작은 없어
일찍 내리는 나뭇잎처럼
초가을의 오솔길에서
사유는 더 깊어지고 있다

누가 갑자기 인생길을 묻는다면
침묵할 수밖에 없는 부끄러운 자화상
내 안의 길도 드문드문 끊어져
녹슨 철길처럼 부식된 투박한 울림
누가 와주기를 기다리는 것도 아닌데
선뜻 가까워지는 귀뚜라미 소리
이제 매미도 기력이 다한 것인지
쓸쓸한 산길의 언덕에서
마지막 존재의 갈피를 접으며
계절의 변화를 직감한 모양이다

가자 물결을 따라서, 지는 잎처럼 흘러
끝이 닿으면 또 다른 길도 있겠지
사랑하지 않아서 외로운 낙조였던가?

서산의 능선을 향하여 홀로 걷는 길에는
수없이 찾으려던 길도 어둠에 묻히고
어느덧 전별을 고하는 나뭇잎에
아름다운 사랑의 노래도
한 편의 시로 남아 고독하기만 하다

제3부

소중한 가치

공감의 쉼터

오래된 책이라도 좋은 책은
은은한 향기가 마르지 않고
좋은 명상의 생각은
인연의 깊이를 맑게 하며
영혼의 투명한 쉼터에서
아름다운 생명을 창조하여
희망의 빛으로 부활한다

자연을 떠난 정서는 가파르고
꽃의 순결을 벗어난 언어는
어딘가 모르게 인색하고 차가우며
계절 따라 자리 잡는 식물의 질서는
삶에 어우러지는 진실한 모습
어찌 순수한 경지의 비경이 아니랴

온유로움 속에 교감의 침묵은
흔적이 없어도 물처럼 천 리를 흐르며
공감의 형성은 흐려지지 않는 진실의 빛
소중한 것은 보이지 않아도 풍요롭고
자연에서 형성되는 품성은 지혜롭기만 하다

아름다운 발견

한 사람이 수명을 다할 때까지
먹고 마시는 음식의 량은 35톤 정도
흙과 물 태양과 바람의 자연은
수많은 생명들에게 골고루
은혜로운 침묵으로 모든 것을 아낌없이 베풀어 준다

어디 그뿐이랴
동식물의 필요한 영양분으로 뼈와 살
그리고 정신적 힘까지 넣어주는
그 소리 없는 작용에서
배설하는 것은 빠른 시간에 자연으로 돌아가고
초식에서 시작하여 먹이의 생태계로 이어지는
존재의 성향에 따라
선택의 자유를 주고 삶의 여건을 조율해 준다

살아가는 동안 흙과 물 태양과 바람의 은혜로
존재의 구성과 근원이 이뤄지지만
마지막으로 죽음으로 돌아가면
초연하게 압축되어 흙과 물로 분해되고
베풀어준 것을 자연은 모두 거둬간다

이 지구가 차지하는 물은 70% 흙은 30%
살아가는 생명체도 비슷한 원리가 적용되어
모든 생명의 신체 배분율도 같은 수치다

인연의 관계는 모호하다
없는 것 같아도 존재하고
있는 것 같아도 안 보이며
서로 만나는 결합에 따라 달라지는 모양
의미가 없는 것도 인연을 만나면
새로운 생명의 창조로 부활하며
바람과 태양은 흙과 물의 관계에서
바람은 힘을 키워주는 근원으로
불의 모태인 태양은 모든 것을 완성하는 밝음이다

우리의 사유思惟를 찾아서

해가 뜨는 곳으로
시작되는 인연의 강은 흐르고
바다의 능선에서 노을이 지면
우리는 기나긴 여정의 하루를 마감한다
수없이 수순의 이치를 따라
계절의 절정에서 피어나던 꽃들
사랑은 사랑으로 스러지고
마음은 마음끼리 강물 되어 흘러도
원망은 원망으로 지워지지 않을 것이다
돌아오지 않을 곳에서
우리는 부초처럼 흔들리다
희미한 부표를 찾아 갈증의 뿌리로 잠들어
삶도 죽음도 만남도 이별도 만나리니
자연은 은밀히 가슴의 정곡을 찔러
침묵의 위무로 실상의 근원을 깨닫게 한다

누구나 벗어날 수 없고
누구나 초월할 수 없고
누구나 자유로울 수 없는 고비의 언덕에서
만남과 결말의 한계에 이르면

애달픈 사유만 잡초처럼 우거져
문학도 죽고 철학도 죽고 인생마저 죽어
다시 온 곳으로 가는 바람이려니
혼자 왔기에 홀로 가야하고
온 곳을 알았기에 가는 곳도 깨달아
수평선에 기우는 달빛처럼
영혼의 그림자만 잔물결로 출렁이다
이슥한 어둠을 마시며
터오는 여명 앞에 새로운 사랑의 시작이 되리

소중한 가치

아무리 하찮게 보이던 잡초도
때가 되면 꽃을 피워 향기를 만들고
열매를 맺어 풍요로운 계절을 알린다
흔하다고 외면하면 언젠가 귀함을 알고
너무 편하고 쉬운 습관에
길들어진 우리의 삶은
절대 가치를 잃어버리고 표류하고 있다

세상 어디에도 하찮은 생명은 없다
식물이던 동물이던
의식이 있고 의식이 없건
모두 제 위치에서 존엄한 존재

언제나 숲은 희망의 미래가 되어주고
맑은 산소는 생명을 여과하는 근원으로
보이지 않는 바람은 번식의 요람
흙과 물 태양 바람은 서로 화합하여
우주의 공간에서 생명을 창조한다

잃어버린 곳에서 새로운 발견은

우리의 허영을 깨우고
진리의 목마름을 치유하는
자연의 원천으로 돌아와
모두가 하나라는 공존의 의문에
투명한 빛이 되어
인류의 과거와 현재 미래의 토대가 된다

무위자연 無爲自然과 존재

때가 되면 농부는 너른 논밭에 씨를 뿌리고
신앙은 마음의 밭에 빛으로 노을을 만들고
작가는 영혼의 밭에 이슬 같은 정서를 심는다
산과 들에는 뿌리지 거두지 않아도
흙과 물 태양과 바람이 식물의 꿈을 완성하고
식물은 번영의 요람으로
푸른 공간을 만들어
살아가는 생명이 자위하는 터전이 된다
고마운 흐름의 오고 가는 순리이다

답이 없어도 답이 있고
답이 없어도 답이 있는 넉넉한 조화
모든 것이 자연의 순조로운 리듬
명예와 영달 권위와는 아무 상관없는 일
농부는 천성이 하늘같아 게으르지 않고
목자는 인류 구원의 목마름으로 고독하고
작가는 아름다운 정서를 깨우려 고민한다

어느 농부가 탐욕을 논밭에 뿌리랴
어찌 목자의 사심이 인류를 구할 수 있으랴

어찌 작가의 허영과 영예가 맑은 정서를 이루랴

성스러운 텃밭에 씨를 뿌리고
가꾸고 거두는 것은 자연이 하는 일
자연에서 온 인간도 자연이고
텃밭에서 구해지는 모든 것이
자연의 신비로운 되돌림
생명은 왔던 곳으로 가야하고
잠시 휴식 공간에서 잡스러운 생각
물에 젖은 것을 햇볕에 말리다 바람에 의지하여
평생 연명을 도와준 식물의 고마움을 깨닫고
흙으로 돌아가 잠이 들면
영혼은 구름처럼 물처럼 바람처럼
화답하여 돌아오는 진리를 따라
우주의 공간에서 자유로울 것이다

바람 부는 날

극한적인 한계에서
인연이 다 되어 없어질 것이라면
빼앗기듯 잃지 말고 당당하게 버려라
모래를 손안에 넣고
움켜쥐면 쥘수록
모래알은 쉽게 빠져나가기 마련
소유의 집착은 내 주변의 평화를
경직시키고 혼탁하게 하는 함정이 되어
서로를 불행하게 하는 원인도 된다

참담한 시련과 고통을 안고
무너져 바닥에 쓰러져 있다 보면
진흙 먼지를 마셔야 할 때도 있고
그 과정의 적응에서 벗어나
몸과 마음을 다소곳이 정화시켜
우뚝 일어설 수 있는 바탕에는
숲처럼 푸른 무한한 가능성과 새로운 도전
사랑과 용서는 깨끗한 용기의 충전이다

물처럼 흘러라
보이지 않는 바람처럼 내면의 힘을 길러라
언젠가는 바다에서 만나는
물과 바람이려니
불굴의 의지가 빚어내는 능선의 사막을 넘어
무지개가 서리는 곳은 언제나 아름답다

명상의 언덕

잠시 가던 길을 멈추고
마음의 갈증을 촉촉이 적셔갈 곳에서
왔던 길도 되돌아보고
화창하게 피어나는 들꽃도 되어보자

소비하는 행복보다 축적되는 행복에
인생의 참된 의미를 발견하고
양과 질의 무게를 섬세하게 조율하여
소박한 곳에서 찾아보는 자아自我
검소하고 겸허한 곳에서
새로운 힘의 원리를 터득하고
숨어있는 능력을 담금질하여
서광이 노을 지는 곳에서
맑고 밝게 깨워내면
무지갯빛 가슴은 바다를 부른다

사유思惟의 힘

감정과 감성이 있는 생명의 존재에
생각할 수 있는 힘은
무한한 신뢰의 가능성
시련의 한계를 초월하여
아성을 일깨우는 태양의 밝음이다

고결한 품성의 품위와 이치를 얼며
선과 악도 수용하여 여과를 꿈꾸고
반짝이는 모래 결 푸른 물에
투명한 자아를 비춰보며
감성의 경지 착해지려는 곳에서
바다는 둥근 수평선으로 열린다

양기와 음기로 균형을 받드는 식물의 꿈은
늘 우리 곁에 함께하며
섭생으로 영위하는 식물과의 관계에서
뿌리는 곧게 내리는 정신의 기둥
줄기와 잎은 여유로운 공간이 되고
열매는 하늘을 향한 지혜로운 지성
흐려지는 나를 깨워 내면을 맑게 한다

첨단 로봇이 인공지능을 모방해도
따뜻한 피는 흐르지 않는다
인간에 의해 조작된 동작이 능력의 한계
피와 눈물과 감정이 있는 곳에는
얼음보다 따뜻한 물이 흐르고
물이 있는 곳에는
생명의 존엄성도 따스하게 고인다

인공 성의 슬픔

자연이 허락하지 않는 인위적인 능력은
완벽한 것 같아도
수억만 년 내려온 자연의 흐름을 거역한
문화와 문명 과학의 현실에서
인간의 착각에서 오는 한계를 감지하는 우주
본분을 잊고 도전으로 맞서는 인류에게
신은 연민을 느끼며 거절의 분노를
숨기고 있을 뿐 수용하기는 싫은가 보다

아무리 인간의 창조가 화려해도
자연 없이 꽃 한 송이를 피워낼 수 없고
아무리 완벽해도
자연 조화에 미치지 못하는 헤아림은
인간도 자연이기 때문이다

인구가 늘면서 확보되는 인간의 터전만큼
다른 생태계는 위축되고 있고
인간이 편안함을 추구하며 만족을 즐길수록
자연의 흐름은 고통으로 허덕이며
신소재로 개발되는 첨단 과학의 생산물도

어느 때인가는 사용하다 쓰레기로 버려져
환경파괴로 토양을 병들게 하는 원인
지구에서 찾아 사용되는 자원은
결국 지구를 병들게 하는 위험으로 다가오고 있다

이제 태초의 본능으로 돌아가는 것은 어떨까
자연으로 돌아가 농경문화로
끝없이 흘러왔던 인류의 르네상스를 찾아
살기 편안한 것 보다
살아가기 아름다운 본향을 꿈꾸며
수많은 생명들과 화합하는 것은 어떨까?

노력하며 얻는 소유에 만족하고
힘겨운 노동의 가치에서 겸손을 얻으며
생태계의 흐름을 찾아
순리를 신의 영역으로 받들며
자연이 허락하지 않는 모험의 도전에서
이제라도 깊이 깨우치며
다시 본향의 본능으로 회귀하는 것은 어떨까?

양지의 골목

언젠가는 나 자신도 가야 하는데
사랑하는 사람과
그토록 미워했던 사람과
그리워하고 증오로 불타던 사람들과
이별이 오면 아쉬움에 흘리는 눈물은
나도 모르게 착해지려고 그런지
아니면 이별의 끝을 아는지
그냥 허전함에 붉게 가슴이 물든다

그리우면 그리울수록 만나기 힘든 인연
보기 싫어 죽을 지경인데도
우연히 만나게 되어 가슴 아픈 운명
우리는 지구처럼 돌아
한 점의 허물을 남기게 되는
미완의 인생인가 보다

완벽하려 할수록 빈 가슴
꾸미려 할수록 실수는 잦아지고
그것을 감추려 애태우며
인정하지 못하는 인간의 한계에서
어긋나는 위선의 침울한 그림자
머지않아 나도 가야하고
너도 내 곁을 떠나야 하는 우리의 미래
잠시 노을 지는 빈 가슴엔
이슬 같은 투명한 빛이 맴돌다 간다

향수香壽

노란 은행잎을 밟으며
나는 어디로 가는지 모른다
너의 동쪽 바다와
나의 노을 지는 낙조 아래서
기다림의 낙엽을 물결에 띄우면
울긋불긋 다가와 쓸쓸히 떠나가는 계절
가슴의 기도는 아직 끝나지 않았지만
너와 내가 만날 수 있는
사무침의 언덕이라면
가을은 서로의 눈빛으로 푸르른 바다

만남의 순간 거칠어져만 가는 호흡 속에
쓸쓸한 촉감의 미소로
서로를 애원하다 눈물이 마르면
우리 가슴에 남을 향기는
지우려 해도 잊지 못할
영혼을 품을 수 있는 아름다운 보금자리
첫눈이라도 내리면 너의 품에 스러져
영원한 그리움의 등대가 되고 싶다

빛의 선율

맺어질 운명이라면
모든 걸림돌을 넘고 넘어
하나의 우주에 이르는 결실로
과거 현재 미래를 초월하여
언젠가는 만나야 하는 꽃과 나비요

인연이 아니라면 수많은 도움의 의미도
아랑곳하지 않고 스쳐가는
망망대해의 풍랑인 듯
보이지 않고 소멸되는 안개 같은 것이다

인연이라면 기다리지 않아도 닿으며
인연이 아니라면 집착에서 벗어나
아쉬운 번거로움의 수고를 비우고
진통의 바다에서 돛을 내려
멀고 먼 갈림길을 알고 쉬어가는
넉넉한 여유로움도 필요한 것이다

살다 보면 그 깊은 비밀도 알게 되고
부족한 미련에 애태울 이유도 없었던 것

언제나 한결같이 하늘을 향한 삶이라면
구름 속의 달도 별도
지극한 마음의 경지에서
맑게 비쳐오는 영롱한 이슬의 향기여

사욕을 벗어난 고요한 영혼에는
늘 감사하는 헤아림으로
공존하는 교감의 다채로운 빛깔이
서로의 빛과 소금으로 반응하여
있다 없다, 높다 낮다, 옳다 그르다
분별의 의식도 유순하게 정화해 주며
언제나 고요한 숨결로
오가는 것도, 있고 없는 것도 초월하여
늘 안락한 마음의 빛을 드리우게 한다

나를 찾아서

칼바람에 부서지는 갈등을 안고
길을 나서 여행을 떠나볼까
아니면 깊은 산에 은둔하여 명상에 들까
술잔에 숙성된 술을 채워 야성을 깨워볼까

어떤 존재의 물음 앞에 희미해지는 안개
거룩한 신앙도 위대한 예술도
밝은 빛 철학의 동반도
이제는 소진하여 회의가 오는 것은
지쳐버린 까닭일까?
게을러 찾아오는 나른한 권태일까
자신을 여과하기 위한 침묵의 시간인지
알 수 없는 물음에
따사로운 햇볕은 능선을 넘어
그냥 따라오라고 손짓하며
수많은 고뇌의 숲에서 빛을 분해하고 있다

살아오면서 욕심에 버려야 할 것도
아까워 버리지 못하고
내심 부족한 잣대로

우주를 마음껏 셈하던 만용
펄럭이는 깃발 아래 바람을
책갈피에 살며시 끼워버린 날들은
조각난 별빛아래 그래도 꽃으로
향기로운 여운에
나는 어느 임의 꽃이고 싶었을까

풍랑에 길을 잃고 바다를 표류하다
닻을 내리고 떠나갈 기약을 잃은 배처럼
본능적으로 해풍을 뚫고 돌아온 갈매기처럼
오늘도 오지 않을 구원의 화신을 기다리며
나약해지는 영혼의 심지에 불꽃을 사루면
또다시 기다림은 새로운 희망인데
사무치게 그리운 불멸의 불새여

너를 찾아서

새벽 별을 머금어 풀잎에 내린 이슬에서
한 줄기 빛으로 비춰오던 너의 모습
그 슬픈 눈빛은 아무도 없는 곳에 곳에서
고요히 같이 머물고 싶은 동경의 들꽃 이었다

조금은 엉터리 같은 세상에서
지치고 힘겨울 때 내 영혼이 쉬어갈 수 있는 너의 품속
때로는 목화솜처럼 아늑하게
새들의 가슴 털처럼 포근하게
생기가 감도는 수목들의 수액에서
풋풋한 너의 부드러운 젖가슴의 체온을 찾아
영혼의 빛을 애원한 기다림에서
사랑의 아픔과 슬픔의 쓸쓸함이
파도처럼 일렁이다 스러진 곳에서
꽃으로 피어나는 괴로움도 있었고
폐허의 도시로 멀어지는 진실의 목소리는
고독으로 몸부림치던 성녀의 초상
꿈틀거리는 벌레의 가냘픈 숨결에서
시궁창에서 자생하는 지렁이 속에서
헐떡이며 죽어가는 생명의 눈빛에서

낙화되어 내리는 나뭇잎의 유언에서
찬란하게 시작되는 일출의 미명 속에서
노을로 기우는 석양의 황홀함에서
일몰이 시작된 외진 곳에서
수은등이 눈부신 풀벌레 소리에서
하늘과 땅이 만나는 지평선에서
구름과 물결이 안개로 이는 수평선에서
아픔으로 밀려오는 고독과 외로움 속에서

영혼의 숨결로 만나고픈 너의 모습
어느 곳에선 있었고 어느 곳에도 없기도 했다

존재의 실상은 있고도 없는 것이었을까
끝없는 사색의 방황 길에서
서로가 애원하며 몸을 섞고픈 황야에서
갈증의 모순을 적출한 믿음에서
서로가 소원한 맑고 밝은 경계에서
진실로 포근하게 쉬고픈 그대 가슴

우리는 어디서 만날 수 있는 것인가
하늘과 땅이 무너져도
폭풍의 혹독한 눈보라를 넘어
갈기갈기 찢긴 가슴으로
상처가 새롭게 돋는 생살의 아픔으로
피고름으로 응결된 역한 내음의 진통으로

썩어가는 쓰레기 속 구더기의 꿈틀거림으로
참혹한 기다림을 넘어 피를 섞고픈 연인이여

가물거리는 촛불 속에서도
새싹의 가녀린 운명 속에서도
강인한 잡초의 풀씨 속에서도
무성한 숲 독이 오른 뱀들의 꿈틀거림 속에서도
보이지 않고 스쳐 가는 바람결에서도
흐르는 물 반짝이는 모래 결에서
초연히 흐르는 구름의 단조로운 형상 속에서도
유난히 빛나는 새벽별 아래서
만월의 단아한 풍요로움 속에서도
삼라만상이 소용돌이 쳐가는 우주에서
부패되어 흩날리는 나뭇잎 속에서도
혹한을 넘어 활로를 찾아가는 식물의 꿈에서도

휑한 거리 비탈진 언덕에서도
앙상한 가지 고목의 침묵 속에서도
아름다움으로 하나가 되고 싶은 그 이름이여

그것이 신의 경지 다가서지 못할 경계일지라도
불멸의 넋으로 불새가 되어서라도
애원하며 거리를 좁힐 수 있는 그대 흔적을 찾아 가면
끝없이 돌고 돌아 다가오는 영원한 생명의 빛이여!

우아하고 은혜로운 품위로
신의 화신일지라도
신앙의 절대자일지라도
적막한 설원의 사막 같을지라도
혹한 속에 피는 꽃일지라도
어름 속을 흐르는 물일지라도
얼어 죽은 벌레의 쭉정이일지라도
만나고 느끼고 사유하는 성현으로
삶의 원천이 되어 다가오는 희망이여
따뜻하게 뿌리를 감싼 흙의 순결로
헐벗은 나무 나이테의 생명으로
하얗게 세상을 덮은 흰 눈의 정결로
얼음을 뚫고 솟아오르는 강인한 새싹으로
만나고픈 모성의 화현 생명의 구원자로
때로는 어둠으로 다가오는 죽음의 그림자로
때 묻지 않은 순정으로
은혜로운 사랑의 화신으로
갈증의 늪에서 목 축이고픈 그리움으로
조금은 엉터리 같은 세상에서 진리의 형상으로
암흑의 틈새를 뚫어버린 희망의 빛으로
사색의 늪지에서 찬란한 광명으로
아픔과 슬픔을 견디며 기다리고 싶은 임이여
언제나 함께 풀잎처럼 살고픈 그대여

돌미역

거친 파도 가파른 암벽 검푸른 물결 속에서
자생하는 돌미역
일반 미역의 단조로운 서식과는 달리
모진 풍파를 선택하여
자연적으로 자라는 것은 무엇이기에
돌이라는 강한 이미지가 붙어 있을까

생명들의 거친 시련을 수용한 듯
모진 격동을 넘어 숨겨진 언어에는
바다의 심장이 파닥이고
바람과 물결의 파동보다 강한 의지
뿌리를 내린 수심 깊은 곳에서
바다는 썩지 않는 농도의 염분으로
자생의 영토를 허락했나 보다

결코 쉬운 삶은 없는가 보다
시련과 고비를 극복한 순간이 많을수록
내적으로 적응하는 자생의 방법이 원활하고
물결을 거스르지 않고 응용하는 수초처럼
신비롭고 경이로운 생명력은

썰물과 밀물에 부드럽게 순응해
조건과 배경을 따라
단단한 육질의 특성을 창조하는 돌미역
쉽게 체취를 허락하지 않는
그 도도한 자태 속에서도
지순한 손길만 받아주고 허락하는
그 푸른빛의 희망이여!

우리들의 사계四季

자연 속에서 어우러져
꽃과 나무, 숲과 새, 나비 벌과
함께한다는 것은
얼마나 아름다운 일인가

하늘에는 파란 구름
허공에는 쉬어갈 수 있는 여유가 있고
땅에는 신비스러운 생명이 자유로운 곳

지친 삶을 구름처럼 흘려보내며
어려운 일들은 허공처럼 비워보고
흙에서 참다운 생명을 발견할 때
그것은 신이 허락한 최고의 선물

우리는 서로 기대어 신록의 화음을 이루고
자연의 신비를 침묵으로 교감하면
아름답게 채색되는 우리의 영혼
산과 바다 높은 하늘을 따라
깊은 사색과 이상으로
헤아리는 버거운 인생길
내 마음의 물결 따라 희망은 푸르네

제4부

부엽토

적막한 시간

초연하게 들리는 풀벌레 소리
창가에 기우는 초승달 곁으로
밤이슬에 젖어 익어가는 열매들
어둠의 깊이만큼 아지러지는 하루는
또 그렇게 침묵으로 가고 있다

끝없이 침잠해가는 삶의 의미가
흙속 깊이 저며 들어
삶의 무게감을 덜고 싶을 때
목화솜처럼 흡입되는 일상들은
게으르게 의미를 찾지 못하고
흐느적거리는 연체동물처럼
다시 바다를 향해 섬찟한 촉수를 세운다

이제 다시 일어나고 싶다
얕은 내면의 불꽃을 깨워
내달리고 싶은 의식의 한계는
어둠의 저편에서 햇빛을 찾아 고요하고
언제쯤일까?
다시 나이고 싶은 나를 회복시키는 시간은
힘없이 기울어진 척추를 활짝 세우고
가던 길로 돌아가고 싶은 의식은
한 아름 꽃의 영상으로 노을처럼 기울고 있다

부엽토腐葉土

좋은 글 한 편 완성하려면
다른 장르의 예술도 그렇겠지만
먼저 고요한 마음으로 편안하게
사물의 대상에 착상되어
둘이 아닌 하나로 일체를 이루면
열지 못하던 언어가 깊은 곳에서 전율한다

서로의 공간에서 마음으로 다가오는 우주
그곳에는 바람과 물결이 담연하게 수용한
태양과 석양의 따사로움이
뿌리의 숨결로 이어져
부활하고 창조되는 따뜻한 체온의 생명이
끊임없이 비밀의 성역을 만들고

멀리서 꽃을 바라보다가
가까이 머물러 함께 있으면 벌레도 보이고
자유롭게 찾아오는 나비와 벌들의 사랑
수많은 생명이 우주를 만들어
서로 공존하는 신비의 세계도 열린다

언어가 필요 없는 밀어의 비밀 속에
찾아 나서지 않아도 찾아오는
향기와 색깔과 경이로운 순간들을
우리가 알기 어려운 모순도 있지만
진실의 교감은 감동의 세계로 이어지고
하나의 숨결로 비로소 둘이 하나일 때
사랑이라는 믿음의 피는 순결로 눈부시다

이 여름의 끝

유난스러운 거친 장마가 폭우를 쏟고
새소리 바람소리도 흐르는 물결에 묻혀
세상이 물에 잠겨 허우적거리는 곳으로
여기저기 아비규환의 참상은 못 볼 일이다

기상기후 변화로 늘어가는 지구의 황무지
떠오른 생활쓰레기로 몸부림치는 바다
기능을 멈춰버린 하천과 강은
인간의 터전을 더 이상 보호하지 못하고
둑마저 쓸려가 유입되는 급류는
해일처럼 삶의 영역을 초토화시키며
끝없는 수평선의 환상을 만들고 있다

강과 냇가에서 자생하던 식물들의 잎은
거품을 품은 급류에 다 뜯기고
앙상하게 나뒹구는 줄기는 회생을 포기한 듯
푸른 숨결을 거둬 갈색으로 썩어가고 있다

태양은 틈틈이 구름을 열고 강렬한 폭염을 만든다
여름 끝에서 늘어지는 가을의 그림자가 싫은지

아니면 가을을 향한 진혼곡의 슬픔인지
물과 불로 여름을 조련하며
그래도 변덕스런 사랑은 남았는지
황금 같은 시간을 쪼개어 쉴 틈을 주고
기상예보의 관측을 무시하며
섬찟한 분노의 섬광으로 하늘을 가르는 천둥소리
본능을 보호하기 위한 자연의 몸부림인지
한계를 덜어보려는 우주의 일침인지
생명의 온화한 동행을 원하던 비가
생명을 위협하는 흉기로 넘실거리고 있다

여름의 굴곡

절정의 장맛비는 뭘 원하는지
산발적인 게릴라성으로
한 지역을 초토화 시키며
어떤 때는 잠잠하게 숨어
폭염의 햇빛으로 화해의 손을 내밀기도 하다
무엇이 성에 차지 않은지 변덕스럽게
하늘을 뚫어 장대비를 대지에 꽂는다

자연재해에 말을 잃은 사람들
허망에 넋을 잃은 모진 생명들은
하염없이 분노의 감정을 다스리며
운명의 파노라마를 조용히 받아들이는
타협과 화해의 모순을 찾아
보이지 않는 지혜와 슬기의 암벽에서
망연한 현실을 묻고 다시 일어설 준비를 한다

매미는 들끓는 분노의 사연을 아는지 모르는지
목청을 뽑아 줄기찬 선율로
오고가는 자연의 변화에 순응하여
법칙을 응용한 한계에서 최선을 다하며

꼭꼭 숨어 정열의 가슴을 토하고 있다

모든 것은 지나가리라
험난한 고비도 시련의 상처도
시간이 흐르면 잊히는 것을
끝까지 살아야 한다면 모진 결과도
순수하게 받아들여야 하는 현실
굼벵이로 어둡게 살다 날아오른 매미의 한이
저토록 슬픈 곡조라면
우리네 인생은 멀고 먼 모험의 바다에서
한 줄기 빛을 찾으려 헤매는 방황의 끝
모든 것은 우리도 모르게 지나가리라

2020년 그 여름

어디가 끝이고 시작인지
길을 잃고 포효하는 흙탕물은 잔정도 없는지
대지를 향해 성난 파도처럼 넘실거리다
돌아갈 줄 모르고
논과 밭을 폐허로
축사까지 점령하여 수많은 생명을 앗아
슬픔의 바다를 만들고 말없이 떠나고 있다

평생 이뤄놓은 터전을 잃은 사람들
하소연조차 버거워 실의에 잠긴 사람들
망연히 하늘만 바라보는 사람들
나를 비워 헌신하다 희생된 사람들
집을 잃고 생계를 잃은 사람들

하늘은 원망의 한숨을 아는지 모르는지
줄기차게 장대비를 쏟으며
시름에 잠긴 허탈한 마음마저 삼켜 버리려는지
시일을 잊고 그칠 줄을 모른다

시련과 모진 격동을 끓어 안고

몸부림치는 저 애원의 바다에서
실의를 딛고 도전하는 강한 의지에
따스한 온정은 다시 샘물처럼 솟아나
메마른 가슴에서 등대불로 반짝이고
길을 잃은 차가운 눈물을 여과하여
참 사랑의 언덕에서
잃어버린 꿈을 찾아 빛으로 타오르고 있다.

산모기

장마가 끝나고 절정의 여름
숲이 좋아 숲길을 거닐다 보면
잘 보이지도 않는 모기가 달라붙어
떨어질 줄 모르고 여유롭게
만찬을 즐기는 듯 죽음을 초월하여
악착같은 근성으로 승부수를 띄운다

처음에는 느끼지 못하다가
가려움에 살펴보면
어느새 피를 빨아 빨갛게 달아오른 몸통
그래도 도망갈 생각을 하지 않는다

숲길의 뱀이나 개구리 거미 지네 등은
그렇게 두려운 대상이 아니나
깨알보다 작은 그 존재는 공포의 대상
산모기가 점유한 살갗은 온전하지 않다
피가 날 정도로 긁어도 멈추지 않는 가려움증
정신에 섬뜩한 날개가 돋으며
소름이 쫙 번져 온몸이 가렵다

좋은 환경을 선택한 대가의 후유증일까
피할 수 없는 서로의 관계
산모기는 포식할 수 있는 기회이고
가려움의 고통이 싫어
피하고 싶은 관계에서
청청한 산소를 즐기는 곳에 서식하는 산모기
이 여름이 가고 나면 두려움 하나 덜어내며
좀 여유로운 산책길이 될 수 있을까?

별빛 위의 집

신축 아파트 현장 30층 옥상 위에
거미줄처럼 늘어선 굵은 밧줄들
하나 둘 옥상 위로 올라오면
성화 봉송 주자인 듯
담배에 태양처럼 붉은 불꽃을 점화 하고
불꽃이 시들어 가면 올라왔던 사람들은
밧줄에 매달려 소리 없이 절벽 아래로 사라져간다

루프에 페인트 작업 공구를 매달고
곡예사의 희망으로 기도하려는 것인지
높은 이상을 실현 하고픈 것인지
아득한 절벽보다 더 가파른
수직의 적벽대전에서 승리하면
비로소 생각하는 그리운 사람들
벽에는 하얀 눈도 그려지고 흰 백합도 핀다

얼마 전 누가 추락해 죽었다는 이야기도
기적적으로 삶의 고비를 넘겼다는 사연도
간혹 들리지만
그건 오로지 과거, 오늘은 현재

촉박한 절벽의 시간과 맞닿은 하늘은
어제도 그랬지만
오늘은 밝은 태양을 구름 속에 묻고
무심한 운명의 거미줄을 숨긴 채
세월의 한 자락에서 안타까운 사랑을 전한다

숲과 하늘 바람

잔인한 계절 봄의 능선에 오르면
예리한 칼 날 위에서도
파릇한 기운에 꽃망울이 열리고
비로소 차가운 호흡 속에서 깨어나는
흐르는 물소리 숲의 경계
우리는 질퍽한 눈 속의 강을 건너
희망으로 힘차게 비상하는 새들과 만난다

햇볕에 새순을 내민 식물들의 싱그러움은
수난의 시련을 이겨낸 인내의 승리
지금 인류를 격리시키고 있는
신종 바이러스의 기류를 감지하며
어려운 조건에서 피는 꽃은 향기를 말한다

국제화의 물결로 자유로운 국경을
오가는 현실에서
파급적으로 교류하는 산업과 경제
좋은 것 이상으로 후유증의 결과도 많다
신종 전염병도 국경을 초월하여 넘나들고
빨라진 속도만큼 감염도 파급적이다

정체불명의 바이러스 전염병이 돌면
국제무역 경제 산업 교류도
마비되는 결과로 이어진다
네 탓도 내 탓도 국가와 국가 탓도 아닌
공존의 세계에서
인류문명의 빠른 번영에 한계를 알리는
4차원을 넘어 5차원으로 진입하는 산업에서
인간의 영역은 핵심 주도적으로 이완되고
자꾸만 편리를 추구하는 이상에
병들어가는 지구와 하늘과 땅 바다
자연은 더 생명들을 보호해주지 못하고
인류는 자연의 아픔을 아는지 모르는지
인간의 과욕으로 응용되는 도전에
또 다시 어떤 모습으로 마주치게 될는지
이제는 그냥 순수한 자연에 살고 잠들고 싶다

4월의 유혹

쑥 향이 진해지고
민족의 신화 위에서 뿌리를 내린
웅녀의 인내가 투명한 빛으로
화려한 부활을 꿈꾸는 4월
성숙한 의식으로 깨어나는
사물의 원만한 변화 속에서
귀와 눈과 마음은 저절로 트인다

맑은 빛이 고여 흐르는 개울에는
산속의 비경들이 물살에 흔들려가고
이어진 산과 들은 준비를 다 마친
또 다른 계절의 완성을 마감한 절정
굶주림에 움츠려 있던 새들의 날개는
푸른빛으로 힘이 살아나고
거리낌 없이 하늘 높이 날아 자유롭다

민족의 신화에서 이어지는
쑥 향의 은은한 그리움이
인연의 고운 채색으로
물감을 풀어놓은 듯 지평선에서는
서로의 의식 속으로 분수가 솟고
생명의 신성함이 굽이치는 4월
잔잔한 기다림 위에서
투명한 하루를 약속하는 맑은 햇살

7월 첫날의 이른 아침

비 내리던 밤을 지나
물방울이 엉긴 축축한 나뭇잎 위
새들은 여지없이 하루의 새벽을 노래한다

싱그러운 나무 사이를 오가며
높은 곳에 자리 잡은 까치는 까악~까악
이곳은 비가 더 내리려는지
먹구름은 높은 곳에서
흩어지고 모아지며 세상의 비경을 조율하고
완숙해진 식물들의 고요한 숨결이 된다

장마철이다
무거우면 덜어 비우고
가벼우면 산소로 심호흡을 다스려
약속 없는 먼 날을 위해
부지런히 살아야 하는 일상들
하루의 시작은 풍요로우며
절정의 완성을 이룬 식물들의 고결한 모습에
뛰는 가슴 살며시 얹어
존재하고 있음에 감사하고
흔들리는 존엄성의 정상을 깨워
다시 채워보고 싶은 절정의 희망
비가와도 파란 하늘이라도 좋다
태양은 항상 떠오른다는 것을 알기에

풀잎의 향기

풀꽃이 아스라이 핀 언덕에
그래도 꽃은 피어 아름답고
꽃보다 풀잎이 싱그러워
그 풋풋한 향기에 취하면
꽃도 좋고 향기도 좋다

인터넷에 올라오는 수많은 글들
새벽부터 자정까지 잠 못 이루는 하얀 밤에
절절한 사연 좋은 글에는
일생의 삶이 정화된 풀잎 향기 같다

언제부턴가 나는 올라오는 댓글과
올리는 댓글에 꼭 님이라는 존칭어를 붙인다
이유나 의도는 분명 없다
상대가 훌륭한 분일 수도 있고
아니더라도 존경은 당연한 일
그래서 이름 뒤에 붙여보는 존칭어
경지에 오른 성현일수록 우아하게 드러나는
품위가 좋고 차분한 인품에 매료되는 것은
그분들의 깊고 넓은 겸손이 거룩하기 때문

얼굴도 모르고 생소한 인연에
교감한다는 것은 언제나 조심스러운 일
나를 낮추면 낮출수록 상대의 성향이
은연중 쉽게 알게 되고
나를 높이면 높일수록
혼탁하게 드러나는 나의 허물
물과 구름은 흘러가는 곳에서
장애물을 만나도 다투지 않고
유유히 갈 길을 찾아 흐르는 유순함
끝없이 높아지는 존엄성의 의미에
풀잎은 풀잎대로 풀꽃은 풀꽃대로
단아한 모습으로 귀하고 아름답다

우울한 명상의 시절

바이러스 감염이 세상을 뒤흔들고
기도가 끝난 4월의 첫 하루도
노을에 물들어 산 능선을 넘고 있다
수많은 슬픈 눈망울들이
꽃빛으로 촉촉해질 무렵
세상은 적막 속에서 깨어나고 싶어
흰 꽃송이로 청명한 하늘을 향하여
무슨 희소식을 기다리는지
꽃의 리본 공백에 적고 싶은 말들은
깨진 글씨들로 파닥거린다

이상하게 고요하기만 한 하루
거리와 거리에서 잊어버린 미소는
애타는 가슴의 전율로 감지되고
우울한 창가에 맺히는 목적을 잃은 발자국
어디를 가도 눈빛만 반짝일 뿐
언어는 하얗게 단절되어 있다

이제는 모든 꽃도 피어
자연의 향연을 맘껏 즐기는데

벌과 나비를 유혹하여
사랑의 열매를 은밀히 준비하고 있는데
아직 세상의 곤혹스런 갈증 속에
맑게 깨어나고 싶은 의식 속에서
사람들의 표정에는
지루한 시간으로 기다려야 할
정지된 파열음의 조각들이
꽃의 향기로 스쳐 가고 있다

비밀의 오솔길에서

인생이 수명대로 살아, 평생 걷는 거리는
지구를 세 바퀴 반을 돈단다
요즘은 마이카 시대라
정확도가 떨어지는 통계인지 모르지만
인생은 정처 없이 정해진 목적을 벗어나
유랑과 방황도 하며
동행도 하고 쓸쓸히 혼자 걷기도 한다

육체적인 거리도 멀지만
마음의 이정 또한 먼 존재의 길
아픔과 고통의 길에서 헤매다가
가끔은 꿈에 젖어 행복하게 거닐기도 하고
답답한 가슴을 정화시키려 걷는 명상의 숲길
아름다운 연인을 만나 거니는 추억의 길
이따금 혼자 거닐고 싶은 인생길도 있다

그러나 출발점에서 아무리 멀리 가도
돌아오는 정처는 같은 곳이고
출발과 만나는 곳은 원점에서 시작되며
반복하며 오가는 길에서

들꽃의 향기에 빠져
사랑을 나누는 나비와 벌도 관조하고
혹독한 추위에 빙판길도 만나며
석양 노을 아래 곱게 내리는 단풍에서
지나간 자신의 시간도 되돌아보고
다시 떠나고 되돌아오는 여정의 길

이제는 안개가 짙게 내리는 밤
어둠 속에서도 유혹하는 길 앞에 서면
수은등의 창백한 불빛이 쓸쓸하기만 하다

인욕忍辱에서 다스려지는 길

참고 산다는 것은 지극히 어려운 일
살얼음 위를 걸어가는 것과 같다
모욕적인 굴욕도 견뎌야 하고
자가 자신도 이겨내려면
차분히 극복해야 하는 역경의 한계
더욱이 힘든 것은 참는 것에서
육신과 정신의 고통마저 감당해야 하는 야성이다

하고 싶은 것도 바른 것이 아니면 절제하며
하기 싫은 일도 옳다면 근면함으로 극복하며
게으르지 말고 꾸준히 노력하는 것이
정신과 영혼의 거부반응을 견뎌내는 힘의 인내

하고 싶은 유혹은 육체적인 향락을 계속 선호 한다
먹고 마시고 춤추는 즐거움으로 이어지는 오락
하기 싫은 일은 꼭 해야 하는데 게으르다
공부 수행 기도 독서 아름다운 일
매일 미루다 보면 고민만 커지고
언젠가는 자신과의 약속도 잊어버리기 쉽다

참는다는 것은 정신적인 굴욕도 있지만
하기 싫은 일도 담담하게 처리하고
절제하는 품위와 인격을 갖추며
부지런히 육체와 정신을 깨워
자연의 한 과정으로 침잠하는 것이다

염전鹽田과 햇볕

가난하고 청빈하게 사는 삶이라면
많은 재물을 소유하기 어려워도
탐욕의 속박에서 벗어나
지혜의 슬기로 시련을 극복한 경륜은 쌓이고 쌓여
위기에서 빛나고
시련에서도 대담하게 적응하는
이슬 같은 맑은 영혼의 길을 열어줄 것이다

과욕으로 쓰러지는 생명들
필요한 만큼 가진 것에 만족할 줄 알고
하루하루 기도와 성실로 최선을 보답하면
하늘과 땅도
착한 존재의 이유는 묻지 않을 것이고
섬섬옥수纖纖玉手처럼 섬세하게 빛나는 영혼의 물결

하늘이 높은들 바다가 깊은들
존재의 일상은 늘 존엄하며
거스르지 않고 가는 먼 길에
부드러운 흙의 촉감으로 편안한 마음

잃을 것과 얻을 것에도 담담하고
무심의 물결에서 피어나는 수평선의 무지개
그렇게 살다보면 지순하게 다가와
속삭이며 어우러지는 아름다운 사연들
서로의 하늘과 땅에서
무성한 숲은 젊음의 향기로
씨앗의 근원이 되는 꽃길은
순응하는 세상의 이치를 열어주고
오가는 저 들녘 위
만추晩秋의 황금물결은 진실의 비밀을 말하리라

마음의 분수分數

너무 좋은 조건만 찾아 방황하지 말고
참담한 현실에서도 안정을 찾으면
조금 편하고 불편한 이유의 관계가 터득 된다

일찍 일어나 새소리 바람소리에
기도나 명상으로 하루를 열어보면
새로운 것도 새롭지 않은 것도
습관으로 익숙해져 별반 차이 없이
좋고 나쁨을 초월하여
만족할 줄 아는 여유가 있고
버거운 삶이라 할지라도
그 속에 숨겨진 비밀을 헤아리다 보면
이슬같이 영롱한 지혜의 문도 열린다

언제나 자유로운 의식은
밝고 맑은 희망을 지향하고
참된 뜻의 가치를 창조하며
존재의 이유는 향유가 되어
일상의 정열로 연소하는 향기로움
목적이 바르고 곧으면
언젠가는 소원하는 정점에 도달하게 된다

타령조 여름

흐드러지게 피어 있는 개망초
노랗게 물든 금계국의 산하
머지않아 상상화 꽃은 피어나
여름의 접경 초가을 언덕에 깊은 사유를 심어
우리네 인생이 숱한 고비를 남긴 자리에서
그늘진 어둠 위로 자연의 향연은 외롭진 않으리

들어온 것을 배설하는 것은 생리의 현상
피고 지어 씨앗을 남기는 것은 자연의 숨결
그중 한 가지라도 멈춰지면
병은 깊어지고 단아한 흐름의 위기일 것이다

가고 오고 떠나고 남겨지는 것은
인연의 풀포기에 스미는 순간의 정
썩어가는 것은 버려지지만
발효되는 것은 과학을 넘어 존재하는
자연이 허락한 신의 보이지 않는 향기

꽃과 꽃은 매듭의 사슬을 풀어
떠난 자리의 공백을 서로가 매워주고
천연의 지형을 따라 오가는 계절의 깊이는
하늘과 땅이 창조하는 절정의 예술
자연의 변화는 늘 한결같고
잃어버린 가치의 영역에서
늘 관대하고 한가롭기만 하다.

제5부

쑥의 기원

목련의 향기

그대 영혼이 따사로운 물결 위에서
아늑하게 피어나는 수선화는
잔잔한 물결로 다가와
파도의 향기로 뒤척이다
내 마음 푸른 언덕
설레는 꿈의 동산에서
영상의 꽃으로 피어나 봄을 알린다

지나간 세월의 흔적도
다가오는 시간의 한계도
아련히 잊어가는 현실에서
그리움의 수묵화처럼 은은해지면
비로소 혼자라는 생각에
느껴보는 고독 외로움

새로운 날에 뜨거워지는
목련의 눈망울처럼
그대의 쓸쓸한 미소는 호수가 되어
꿈틀거리는 산을 담고
파란 하늘이 끝나는 곳
진한 차향에 스며 아른거리는
기다림의 바다에서
한 송이 들꽃으로 피어나는 야릇한 향기

패랭이꽃

살아가면서 모든 근심이 없는 것처럼
표정을 추스르며 티를 안내지만
호흡하는 생명들은 언제나
숨겨진 아픔 하나쯤은 다 있다

가슴에서 뭔가 모르게 흐르는 눈물은
주변에 모두가 행복했으면 좋겠는데
그런 것보다 안타까운 현실이 많고
도무지 감당할 수 없을 때는
멍하게 허공만 바라보다 측은한 생각으로
슬프게 젖어오는 삶이란 애처로운 꽃

참혹하지 않아도 되는 연민은
꽃의 이름이 되어 산화하고
시간이 되면 모두 잊어지겠지?
되뇌며 패랭이꽃 곁에 있으면
호화롭지도 화려하지도 않은
패랭이 모자를 눌러쓴 사내의
평범한 삶 속의 얼굴이 꽃에 잠긴다

사랑과 미움도 비우고
슬픔과 아픔도 버리며
하루의 좁은 길에서
반복되어 돌아오는 존재의 일상은
아름다운 것인가? 흔적 없는 모래성인가?
오늘도 생각에 잠겨 걸어가는 길
새들은 자유롭게 지저귀건만
오늘도 잃어버린 진실은 쓸쓸히 흔들리고 있다

노란 수선화

스쳐간 인연을 되돌려
다시 만날 수 있는 것이라면
그대의 신성한 사랑이 되고 싶어요

회한의 과거는 뜬금없이 그리움으로
지나간 시간 가슴에 각인이 되고
수줍고 쑥스러워 홍조 핀 모습
그때는 사랑이라는 것을 몰랐었다

분단의 긴 이별 속에서
한으로 생을 마감한 이산가족의 가슴에도
살아 피어나는 수선화
한반도의 민족통일을 염원하며
이른 봄 곳곳에 피어나는 온유한 모습

나는 가련다
그대의 슬픈 향기를 찾아
그대가 뿌리내린 이 땅의 어느 곳에라도
사랑이라면 하늘로 받들며
영혼의 사랑 영원히 나누고 싶은 그대여

내 죽음 속에서도 그대를 향한 혼으로 피어
그대의 뿌리까지 소유하고픈 그리움이여
아무리 기다려도 후회하지 않을 사랑이여

그대의 사랑으로 고운 노을이 되고 싶구나
먼 바다를 바라보며
해가 떠오르면 이슬의 향연 속에
고결한 그대 품에 안겨
몸부림의 고독을 나누다가
함께 피고 지고픈 연정의 애달픔
그런 사랑 하염없이 기다리고 싶구나

이름 모를 꽃

비탈진 언덕 척박한 곳에
오롯이 피어나 발길을 멈추게 한
소박하고 아담한 그대는
노란 하늘을 열었구나

봄은 온다기에
엄동설한을 인내하고
비로소 핀 꽃이여
귀하다는 생각보다
서민들의 소담스러운 삶처럼 잔잔한 전율

나른한 오후 소리 없이 흐르는 시간
새소리도 가까이에서 종알종알
진달래 개나리 목련에 머무는
사람들의 소외된 시선에 숨죽이며
한적한 곳에서
우리의 은밀한 사랑은
다시 한 번 촉촉한 가슴
정념의 불꽃은 용광로처럼 뜨겁단다

아~이제 알았단다
양지를 찾아 그리움의 숨결로
새치름히 핀 양지꽃
어느 날 따사로운 햇볕에 앉아
착하고 고운님이 생각나면
불러보고 싶은 그대 이름이란다.

*소루쟁이

유년의 창가에 어리는 추억
풀잎 위 이슬로 맺히면
순수한 꿈의 크기만큼 자라던 파란 하늘
수많은 풀잎은 마음 한편에서
끈질긴 생명력으로 살아난다

굶주려 허기진 기억 속으로
산과 들 강과 바다로 가면
그래도 허기를 채워주던
뿌리와 잎새 줄기 열매들
가끔 *소루쟁이 잎을 씹던 시절
소박한 고향으로 달려가면
새콤달콤한 동심의 싱그러운 맛
지나간 세월 깊어진 향수의 그늘은
맑은 우물 속 달빛으로 젖는다.

*소루쟁이: 굵은 뿌리줄기를 가지고 있는 여러해살이 풀.
　　　전국 각지에 분포하며 들판의 약간 습한 땅에서 자란다.

쑥의 기원

인류와 가장 친밀하게 살아온 쑥
가장 흔해도 귀하기도 한
우리 곁의 신령스러운 식물이다

토착의 문화로 나타나는 병의 원인에
식용도 되고 치료제로 쓰이는 쑥
굶주림의 허기를 채워주고 병을 구완하는
그 위대한 희생의 대명사
그 종류만 해도 수백 가지
아직도 쑥의 효능과 약효는 연구 중이고
명료하게 입증을 밝히려는 노력은 진행 중
무한한 가능성은 정립이 되지 못했다

히로시마 잿더미 속애서
원폭을 뚫고 제일 먼저 싹을 틔운
원초적인 생명력
인간의 과학을 초월하여
자연의 신령스러운 생명의 힘이
더 강하다는 것을 뿌리로 일깨우며
지구의 종말이 와도 향긋한 잎으로
새로운 생명 신화를 같이할
그 신비스러운 존엄성
언제나 우리 곁에서
영혼의 힘을 완성할 창조의 신이여

쑥의 인연

그대 같은 인연을 만나 사랑하고 싶어
이른 새벽 일어나 두 손 꼭 잡으며
영혼의 기도가 끝나면
흙의 부드러운 가슴에 혼을 묻고
어떤 굴욕과 시련도 쑥 향처럼 나누며
밤이 깊어지면 서로 뿌리를 섞어
황무지에서도 오롯이 일어나
싹을 내미는 그런 인연이 되고 싶어

너무 좋은 유혹도 당당히 극복하고
평범한 것에서 만족하며
하루 종일 가까이 있어도 그리운
쑥향 같은 영혼의 내음
아무 곳에서나 자라지만
위엄은 하늘처럼 풍요롭고
만병을 구완하여도 겸허한 자세로
신념의 근본을 꿋꿋하게 소유하며
어디에서도 모나지 않는 유연함
쑥의 삶처럼 흔적을 남기지 않는
여유로운 그늘의 향기가 되고 싶어

흰 두메양귀비

아무도 없는 깊은 산 계곡
목욕을 마치고 달빛을 품어
천상으로 승천하려는 선녀처럼
그 단아하고 귀한 모습
눈부신 사모곡으로 애처롭구나

여인의 정결한 정조
오직 임을 향한 기다림인 듯
이슬을 적셔 향기를 숨기고

은은한 달빛 가슴에 스치면
지켜온 절개 하늘을 받들어
하얀 꽃으로 눈물을 거두며
한결같이 님을 향한 지순한 미소

모란 앞에서

천상의 꽃이라면 나를 데려가고
지옥의 꽃이라면 나를 잠들게 하라
하늘과 땅이 창조한 신비로운 조율 앞에서
향기가 없음에도 향기가 진동하고
푸른 날을 세워 여름을 동정한
긴 침묵 속의 오랜 기다림

있는 그대로의 참 모습 지혜를 찾아
*비익조比翼鳥의 외로운 한 면을 채워줄
사랑과 연분이라면
지금의 세상은 천상의 꽃이련만
아직도 뭔가 허전하기만 한
사랑 곁의 부족한 빈자리여
오늘도 내일도 내 속에서 비익조는 아름답다

완성을 향한 그리움이라면
서로의 사무침은 바다처럼 곱고
이별 끝에서 필 꽃이라면
운명의 사슬을 끊어 매달리고픈
이슬 같은 눈물의 외로운 빛이여

아름다운 사랑 교향곡으로 완성되는 날
가녀린 숨결 하나로 피어날 모란
서로의 가슴에 오색영롱한 탑신을 세워
지순한 넋으로 영원히 살고지고
천상의 꽃이라면 나를 데려가고
지옥의 꽃이라면 나를 잠들게 하라

*비익조 : 암컷과 수컷이 눈과 날개가 하나씩이라서 짝을
        짓지 않으면 날지 못한다는 전설적인 상상의 새.

금계국

이른 봄 세상이 그리움의 물결로 시작된 것이
영원할 것이라는 기대는 환상이었나 봅니다
님을 향한 노란 물결로
이 가슴에 채워지던 계절의 언덕에서
님이 오실 날을 기다리며 바라보던 지평선에
오늘도 내일도 피어나는 꽃들로
산과 들은 그리움의 향기가 되어
들려오던 님의 구원을 향한 음성
사색의 빛깔은 저토록 노랗게 물들었나 봅니다

차라리 눈을 감았습니다
넓은 광야에서 아롱지는 님의 모습
부신 햇빛이 수용한 초록빛 건반 위에
아름답게 무늬 지던 님의 하늘
얼마나 멀고먼지 다다르고 싶어
쓸쓸히 거닐던 애원의 숲길에는
미완의 약속이 출렁이는 물가에는
님이 수시로 떠가는 맑은 구름 이었습니다

누구에게도 말하고 싶지 않았습니다

내 심장에서도 뜨겁게 출렁이는 님은
안개 속에 잠겨오던 모성의 화신
가치 없는 언어로 부르고 싶지 않았던 님이여
오로지 침묵으로 일관하며
끝없이 지향하는 사랑의 힘이었기에
황금의 노란 흔적은 지울 수가 없었나 봅니다

기다림의 향기도 잊어 버렸습니다
들숨에 머물던 명상의 존재의 가치도
짙게 가라앉던 다정한 님의 미소
님을 향한 그리움과 기다림
아늑할 것만 같은 그 품속에서
은은한 향수로 젖어
그리움의 색상들은 미완의 침묵으로
아직도 깨어있는 희망의 씨앗
노란 이별과 만남 위에는
보이지 않는 님의 향수가 노랗게 물결쳐 갑니다

자리공

탐스런 유혹으로 군락을 이뤄
환희와 소녀의 꿈이라는 꽃말처럼
하늘 높이 솟구치는 위엄에
하늘도 동조하여 먹구름을 거두고
흰 구름과 푸른 구름을 내려
뜨거운 여름 정열의 화신으로 자라는 자리공

어느 곳에서나 뿌리를 내려
무럭무럭 자라
자신들의 영토로 장악하고
비록 예쁜 꽃은 아니어도
짐승의 야성이 터진 포효인 듯
근육질로 다져진 마디마디 매듭은
정열의 향수로 끓어 오른다

붉은 줄기 붉은 꽃은 미국 자리공
뿌리도 붉어 잘못 섭생하면 귀신이 보인다는 독초
흰 꽃 흰 뿌리는 법제하여 약재로 사용
민간요법에서는 취급이 까다로운 식물
법제한 약제도 초과하면 독초

신선들이 즐겼다는 효능의 방법은 어떤 것일까

우리들의 삶은 아무 일도 없는 여건에서
편안한 생활에 습관 되는 것보다
시련이 와도 행복할 수 있는 여건을
조성하며 살아가는 것
자리공의 강인하고 근면한 생명력은
오늘도 내일도 활기찬 삶을 원하고 있나보다

돼지감자

애써 파종하는 감자와는 달리
잡초라 여기고 뿌리 체 뽑아
제발 자라지 않았으면 하고 버려도
마른 땅에 닿으면 살아나는 다른 이름 뚱딴지
유럽에서 중국을 거쳐 귀화
이 땅에 자리 잡은 돼지감자는
돼지의 번식력과 식성을 착안하여
붙여진 이름인지 모진 생명력
번식은 빠르고 강하며
전 세계적으로 분포되어 있는 식물이다

이른 봄 싹은 해바라기와 흡사
한 번 번식하면 그늘을 만들어
다른 식물의 영토를 허락하지 않으며
가을쯤이면 노랗게 피는 꽃말은
미덕과 음덕
못생긴 자태의 의미는 내성으로 흡수
건강식품으로 부상하고 있고
당뇨에 효능이 있어
이제는 상품가치로 입증하고 있다

*부들

숲의 자연은 아름답지 않아도 아름답고
아름다워도 아름답지 않은 묘연의 관계
서로가 부족한 면을 매워주고
생태의 조화를 위해 그래도 없어서는 안 되는 위치에서
필요 없는 것도 필요한 존재로 채워지는
신비한 관계의 비밀 터전이다

숲이 우거진 하천
갈대인가 다가서 바라보는 부들의 부드러운 잎은
바람 따라 흔들리고
나그네의 거친 삶처럼 핀 꽃
참으로 멋없어 스쳐 가려는 순간에
다시 묻고 싶은 그대의 의미

그러나 분명하게 안단다
자연에서 같은 삶을 원하는 존재의 가치
좋고 나쁘고 옳고 그르고
그런 시시비비에서 벗어나
물가의 변두리에서 자생하는 당당한 침묵
백로가 하얗다 한들
그 푸른 순결 기상의 비밀을 누가 알리오.

*부들: 외떡잎식물 부들목 부들과의 여러해살이풀, 연못 가장자
리나 습지에 군락을 이뤄 자란다. 잎이 부드러워 부들이라 함.
한국 일본 중국 필리핀 등지에 분포. 6~7월에 개화.

희망의 견적서

모진 고통으로 생과 사의 늪지를 오가는 그대에게
오늘도 하늘을 향해
간절히, 간절히 유서를 쓰듯
파란 구름을 오밀조밀 헤집어
손가락으로 돌이 이겨지도록
낭자한 피의 글을 새기고 싶다

우리 꼭 같이 살고 싶다고 했지
그러려면 꼭 건강해야 해
그리고 바위처럼 굳어가는 암세포를
그대 사랑으로 꼭 녹여내야 해요
그리고 꼭 견뎌내야 해요

우리에게는 정말 30년은 필요해요
억울하잖아 이 인연이 오기까지의 아픔
3년은 교재하고 3년은 연애하고
3년은 사랑을 멋진 풍경화로 설계하고
1년은 아름다운 신혼여행
그래도 20년은 아롱다롱 살아야 하잖아요

남들이 느끼지 못했던 사랑의 푸른빛을
그대 가슴에 그려 넣고
내 가슴의 선홍빛 피도 울컥 뽑아
힘들어 하는 그대 심장에 넣어
그대와 내가 하나가 되는 것
약속해 줄 수 있겠니?
내 희망의 유일한 생명의 빛이여!

어떤 날

청명한 산 맑은 하늘
시선이 아득한 거리에 멈춰지면
비로소 확연히 아른거리는 사람이 있다

암과의 투병에서
괜찮다고 속내를 감추고 있지만
힘들고 고통스러워도 항상 해맑은 영혼
내가 할 수 있는 일은
대신 아파줄 수 없어
그녀 마음의 창가를 기웃거리다
시린 진통을 분담하려 애를 쓰지만
그것은 현실이 될 수 없는 의식의 진통일 뿐이다

언제나 같이 있고 싶고
슬픔과 아픔 괴로움과 공포를
소유할 수 있는 나이면 좋으련만
그것은 마음, 인간의 영역이 아니다

신이 있다면 그 힘을 빌리고 싶다
욕심이 많으니까 그녀의 병을 다 내게 달라고

진통으로 몸부림치는 찰나도 내게 달라고
아무도 몰래 다 달라고 애원하고 싶다

어리숙하게 신념 용기 믿음 희망을 들먹이며
숨은 그 이상의 언어를 찾아보지만
왠지 탁탁 막혀오는 갈증의 사막
노을 속에 무지개를 그려줄까
푸른 잎의 엽서를 보내줄까
영원히 부르고 싶은 이름 아름다운 그대여!

야시시 夜時詩

야밤의 시간에 시詩가 흐르는지
시詩의 시간에 밤이 오는 것인지
아담한 카페에는
고급스런 분위기 보다
그냥 친근한 낭만이 음악을 타고 흐른다

가을로 접어드는 계절의 언덕
아직은 푸른 냄새가 여름을 보내지 못하고
질퍽하게 기다리는 가을을 향해
향기는 초록빛이고
기다림은 노을에 젖어 푸르른 시간
허름한 출입문 앞에는
하나 둘 불빛이 늘어서고 있다

큐피트의 화살

사랑은 힘들고 외로워서 선택하는 것이
사랑의 전부가 아닐 것이다
진정한 사랑을 향한 길이라면
후회 없이 아낌없이 미련 없이
내 의미의 존재를 모두 비워
강렬하게 타오르는 불꽃에
기다림의 눈물을 뿌려 알맞은 온도로 맞추고
서로가 서로를 소원하며
영혼의 온도를 적절하게 유지하는 일

만남과 이별 앞에서도
슬픔이나 아픔의 이념을 초월하여
부족한 능력을 아쉬워하고
더 주지 못하는 안타까움에
서로를 향해 그리움으로 곱게 타오르는 노을이다

눈보라 속에 피는 꽃은 그리 흔한 것이 아니다
있는 듯 없는 듯 머물다가
혹독한 눈보라의 삭풍을 뚫고
기어이 한번 피어나는 너와 나의 꽃
장미 가시에 찔린 그 귀한 사랑이라면
고이 간직하고 그 곁에 잠들고 싶다

*큐피트: 로마 신화에 나오는 사랑의 신.

제6부

바람의 벽화

영예로운 길

아무리 어려운 순간이더라도
혹여 그 어려움을 일시적으로 벗어나려
그릇된 유혹에 물들지 말고
먼 길을 바라보며 냉정한 가슴으로
희망의 순조로운 빛을 찾아
가도하는 마음의 현실을 선택하라

순조로운 길은 욕심을 벗어나
역경을 극복한 슬기로움 속에
무한한 생명력의 호흡이 물처럼 흐르려니
자연의 현상은 진실한 되돌림에서
변함없는 우리 마음의 텃밭이 된다

일어나고 스러지는 것은
보이지 않는 신비의 끝없는 숙명의 파동
오로지 향하는 길이 바르면
공존하는 생명의 덕성을 알게 되고
무한한 우주의 공간에서
보물을 얻을 수 있는 능력을 깨우는 것
삶의 이정에서
일시적으로 시련을 벗어나려는 유혹보다
진지하게 감싸 안는 지혜로운 힘으로
후유증을 만들지 않으며
깔끔한 뒷맛의 풍요로움을 누려라

황무지의 바람

살기 좋은 세상이라지만
현실에도 수없이 다가오는 검은 그림자
태풍 전염병 폭우 폭설 혹한 폭염
최첨단 과학의 예상을 뒤엎는 기상이변은
빈번하게 일어나 지구의 아픔이 되고
알 수 없는 우주의 몸부림에
생명의 진통을 나누어야 한다면
우연이라 생각하기에 버겁고
운명이라 여기면 너무나 참혹한 인내

감당할 수 없었던 어려움도
고통의 덩어리로 머물다 지나면
비로소 열리게 되는 그리운 하늘
언젠가는 지나가고 흔적도 없으려니
이것이 존재하는 이유의 가치일까

무릇 생명이라는 것은
험난한 과정도 겪어야 알찬 열매를 맺고
씨앗을 남겨 뿌릴 수 있는 기쁨도 얻으며
유일한 혼자만의 삶을 체득한 후에

여유롭게 인지하는 흐름의 순리
찾아오고 돌아가는 것에도
얻어지고 없어지는 것에도
깊은 이유를 알면 이해할 수 있었던 분노

구구절절 집착으로 매달리면 이유는 많아지고
잡념으로 헤아리면 늘어나는 변명
갈래 길에서 답을 얻으려 애를 써도
구해지지 않는 정확한 의문은
산과 바다를 비추는 태양으로 노닐다
노을로 스러지는 황혼의 붉은 가슴인가

아름다움을 알고도 모르는 듯 사라지는
황무지의 풀꽃처럼
홀로 피어 향기로 남은 고독으로
호수의 달빛을 따라 호수에 잠긴 영혼은
물속의 밤하늘처럼
투명한 물결을 따라 질긴 생명을 안고
별빛으로 잠들고 싶어 이슬 꽃으로 외롭다

고목의 향기

천 년을 살아 선정에 든 나무가
깨달음을 꽃 향으로 날려 보내던 봄 날
지쳐가는 새들에게 둥지를 내주고
겹 가지로 자라던 한 줄기 가지를 고사 시켰다

두 고뇌의 심지를 잘라
궁극적인 목적을 안위하려
굳세게 뿌리 하나를 부활시키고
실뿌리 갈라지는 틈새에서
굼벵이의 참혹한 신음을 들으며
오로지 한 줄기 해탈을 선택한 것인가

계절은 바뀌고 흔들리는 세상
인내한 내공의 높이로
무형의 돌을 갈아 탑신을 세우며
어둠을 희망의 노을에 적셔
흐르는 세월 기암절벽에서
썩어야 하는 또 다른 이유도 알5았다

거침없이 흐르는 처음의 강은

과거에도 현재에도 미래에도
수난을 역사를 이겨낸 민초들의 숨결을 품으며
유유히 바다를 향해 흘렀고

한 여름 무성한 잎으로 태양을 가라면
쉬어가던 생명들의 한숨과 땀이
내면의 나이테로 둥글어지고
아직 끝내지 못한 고요한 동정에는
화두가 검게 그을러
썩어가는 것이 아름다움의 본연임을 알았다

보이는 것보다 보이지 않는 것에서
비밀의 경계는 소금처럼 빛나고
비워버리는 것들이 밑거름이 되어
비로소 터득되는 황홀한 햇빛의 노을

임의 눈물은 바다로 흐르고

화창한 날 초롱초롱 꽃의 눈망울은
인내의 고비를 견뎌온 겨울을 넘어
한적한 봄 하늘의 꽃으로 터져
아름답다, 예쁘다, 탐스럽다
찬탄으로 이어지는 사유의 허탈한 외침도
이 시기에 조금은 감정의 시치인 듯
세상은 우울한 시간에서 벗어나려
전염병의 실체를 찾아 분주하다

역대에도 인류에게 전염병은 있었고
이름마저 붙일 수 없었던 시대에는
역병 괴질 마마 등
민초들의 삶에 두려운 공포였을 것이다

그러나 어쩌겠는가?
잊을만하고 한가로워지면
세상을 한번 소용돌이치게 하는 신종 바이러스
신의 가혹한 시험의 궤도인지
잔인하고 참혹해도
인류는 그 역경을 넘어 새로운 부활을 꿈꿔보자고

끝없는 도전으로 삶의 뿌리를
척박한 황무지에 내렸다는 것은
그래도 시련을 넘어야 하는 희망 이었다

세월이 흐르며 빠른 변화가 이제는 두렵다
선각자들이 염려하는 3대 재앙
핵과, 자연환경 파괴에서 오는 기후변화 신종 바이러스
페스트가 창궐하여 폐허의 도시를 만들었었고
이제 감염을 차단하려
국경마저 마비되는 상황에서
경제나 산업 문화와 스포츠도 발목이 잡혀
올해는 올림픽 축제도 1년 연기된 극한 현실
이어오던 질서의 흐름조차 흔들리고
서로 자국민의 보호를 위해
냉정한 판단으로 격리된 세상을 선택하기도 한다

시를 쓰고 싶어 읊조리듯 펜을 들지만
이미 가슴은 빈 쭉정이
시여, 꽃의 눈망울에 비수 하나는 꽂아라
사유의 사치에 벼락을 내려라
수많은 생명이 고통으로 몸부림치는
강한 삶의 생명력을 애원하는 현실에서
구원의 현실을 외면하는 감성의 사치에
꽃의 무덤을 만들고 우울한 희망도 묻어라
신이시여, 신이시여!

숨어 우는 앵무새

숲속에 숨어 앵무새는 언제나 재잘 거린다
앵무새의 번번한 실수는
영리한 머리로 반짝반짝 두리번거리며
자신을 잊고 남의 흉내만 낸다
자신을 잃어버리는 습성
이것저것 참견하여 실없는 실속으로
자신이 최고라는 착각의 둥지를 만들어
부화될 수 있는 알을 굴리며
새로운 생명의 부활을 꿈꾸는 것

앵무새여 그대 진실한 가슴을 보여다오
음습한 숲에서 밝은 곳으로 나와
그 아름다운 모습을 보여다오
어제도 오늘도 숨어있는 그대가 안쓰러워
기다리다 발길을 돌리면
맑은 하늘과 물결이 새들을 불러
화합의 평화로운 숲을 노래하는데
이제 어두운 환상을 버리고
새로운 둥지를 만들어 변해보렴

재잘거리지 말고 아름다운 선율로
진실한 멜로디의 하모니를 이루어
그대의 밝고 새로운 희망을 보여다오
빛나는 눈빛으로 부정의 사슬을 끊고
긍정의 맑은 노래를 불러다오

오~ 나의 사랑스런 앵무새여

아름다운 경험

피하지 못할 극한의 상황에서
독인 줄 알면서 마시고 독을 이겨내
생명이 유지되어 지속되는 기적이라면
그 독은 영약이 되어
몸의 잔병을 치료하는 역할도 할 것이다

시련으로 시련을 극복한다는 것은
명검을 정련하기 위한 단련의 과정
모두의 삶은 위기 때마다
어떤 반응과 협력하고 의지의 뜻을 따라
죽음과 삶의 진통에서
하나를 선택하여 승리와 실패로
삶과 죽음의 관계를 넘나든다

식물도 동물도 그런 과정은 꼭 찾아온다
살아가는 모든 것들을 다 거쳐야 하고
자연의 물리적 힘을 경험해야 비로소 열리는
참혹함 속에서 체득되는 아름다운 물결
그것은 희망도 절망도 아닐 것이다

우뚝 솟은 고목을 보라
높이 떠올라 타오르는 태양을 보라
얼마나 험난한 과정이 있었는가를
영혼의 불꽃을 뜨겁게 태우며
불새처럼 날아올라 순식간의 고비를 넘어
스스로 만 번 죽이고 살아난 희열을
풀잎보다 여리고 다이아몬드보다 강한
그 숙련의 과정을 수없이 넘긴 자리에
비록 향이 없는 꽃으로 피어도
보이지 않는 무지개의 찬란한 무늬

차가운 삶으로 돌아간 자리에도
영롱하게 아롱지는 투명한 이슬은
맑고 푸른 하늘을 열고
냉정한 기류 속에 빛나는 슬기의 열매
언제나 역경은 푸른 날개를 달아주는
숨은 천사의 잔잔한 아름다운 미소다

무심無心의 정원

어떤 것이든 어딘지 모르지만 끝이 있고
정상을 향해 정상을 오르면
처음의 자리로 돌아올 줄 아는 너그러움은
숙연하게 꽃들이 반기고
허탈함도 있지만 지혜의 샘물도 흐른다

부질없다는 막연한 사랑으로
돌아갈 줄 아는 겸손에서
허영의 뿌리는 쉬게 되고
끓어오르던 야망과 욕망도 잠시 놓아버린
편안한 마음의 고요함 속에는
차분히 가라앉은 내면의 불빛이
은은한 향기로 나를 밝히고
앞으로만 나아가며 잃어버린 과거에서
다시 한 번 관조하는 사유는 드넓고 깊다

도전하여 실패한 과거의 경험은
도전하지 않고 실패한 것보다 값지며
무엇보다 중요한 삶의 재산으로 힘이 되어
자정하는 깊은 사색으로

새로운 발견을 위한 새로운 여유
언제나 길은 없는 곳에서 있고
있는 곳에서 선택의 방향이 엇갈리는 모순도 있다.

멈추지 못하는 것도 병
나아가지 못하는 것도 병
나아가고 멈추는 것이 자유로울 때
일상의 정원에 핀 꽃들은 편안하고
정상의 언덕에서 홀연히 비울 줄 아는 용기는
진주를 슬기 위한 숨어 있는 내면의 힘
가고 오는 것도 시간의 리듬에 따라 흐르면
맑은 하늘에 구름이 떠가듯
바람이 보이지 않아도 느낄 수 있듯
냇물이 유연히 흘러 바다를 만나듯
언제나 순리를 거스르지 않고
목적지에서 영원한 무형의 탑이 되리라

떡시루

야생화가 점령한 장독대 사이
흩어진 자갈들은 세월을 잃어버리고
특이하게 보이는 떡시루

촛불을 밝혀 치성을 올리시던
어머니의 한 많은 세월은
무성하게 자라는 잡초처럼
유년의 동심을 깨우며 멀고 먼 거리에서
어머니의 가슴에 고이던 눈물인 듯
정곡을 찌르며 변한 세상을 느끼게 한다

작은 거미들이 쳐놓은 투박한 거미줄
다섯 개의 작은 구멍에는
인생이 갈구하던 오욕락 五欲樂의 흔적인지
모성의 영원한 그리움은 간 곳 없고
바람에 나부끼는 지고지순한 침묵의 숨결
투명한 이슬은 어머니의 흰 머릿결처럼 정결하다

밤하늘에 가물거리는 당신의 미소
안개는 소리 없이 내려와

오로지 자식 위해 비원 悲願하던 그 모습으로
샛별처럼 자꾸만 멀어져가고
이제는 한 줌의 흙이 되어
영혼의 그림자로 또렷해지는
어머니의 잦던 한숨으로 모락모락 서리는 김
어머니의 애타던 근심의 입김인 듯
하얀 서리는 이 가슴에서 수시로 녹아내린다

공덕비 앞에서

하천이 흐르는 *직동마을 입구에
선행을 받들어 민초들이 세운 공덕비는
흘러온 세월의 깊이만큼 글자도 흐려져
외진 곳에서 초라하지만 위대하게
선행을 칭송한 글들이 오밀조밀 마음으로 모여
참담했던 한 시대의 빛으로 남아 있다

백여 년 전 경기북부의 홍수로
쓸려간 다리를 사재를 털어 다시 놓고
터전을 잃은 이재민들을 이주시켜
알선하던 새로운 보금자리들
벼슬에서 일찍 하야하여 선행으로 근본을 삼은
한 시대 위인의 업적에서 부끄러움을 느낀다

요즘은 본인들이 없는 선행도 꾸며
홍보하다 망신도 당하는 시대
공덕을 초연하게 하늘에 헌납한
큰 물줄기의 숨은 행적은 얼마나 덕스러운가?
검소하고 겸손한 품위가 얼마나 아름다운가?

졸졸졸 물이 흐르는 낮은 언덕에
보일 듯 말 듯 서있는 공덕비에는
한 시대를 가늠하며 온정을 베풀은
말 없는 사연이 부끄러운 듯
개울물을 따라 바다로 향하고
큰 사람 큰 사랑이 수줍게 노니는 산자락은
유난히 수마로 어려움이 많았던 현실에서
자연재앙이 자꾸 깊어지는 까닭을 묻는다

*직동마을: 옛 곧은 골, 의정부에 있는 지명.

순리의 빛

땅을 사들여 부를 꿈꾼다 해도
결국 땅속으로 돌아가야 하는 인생
정작 필요한 땅은 한 평 남짓
산소와 물, 바람과 햇빛은
너무 소중하기에 가치로 셈할 수 없고
늘 흔하게 곁에 있어
돈보다 귀중함을 잊고 사는 것이
우리들의 삶속에 배인 착각인 것 같다

보이지 않고 보이는 그 원소들은
우리 몸과 정신의 가장 깊은 관계
생존 시에만 수용할 수 있는 자유를 주고
죽어서는 조금의 소유도 허락하지 않는 냉정함은
자연의 이면에서 새로운 이치를 터득케 한다

우주가 창조되어
헤아릴 수 없는 영구한 세월에서
생명의 부활을 열어준 은혜로움은
인간의 수명보다 더 길기에
허락한 시간이 지나면

땅도 재산도 영예도 인연의 굴곡을 돌고 돌아
그냥 자연의 일부로 남겨질 뿐이다

겨우 백년의 일생인데 모든 것을
잠시 소유할 수는 있어도 인연이 다 하면
결국 다 놓고 가야 하는 욕망의 찌꺼기
자연과 비교할 수 없는 수명이라서
육신이 흩어지면 자연의 일부가 되고
남는 것은 보이지도 촉감도 없는 영혼
그것조차 있다고 하기에는 입증이 어렵고
없다고 하기에는 부정하기 어려운 신앙의 영역
있든 없든 살아서 깨끗하게 정화하려는 노력은
허영에서 벗어나려는 사랑의 열매이다

맥박

쓰레기보다 더 악취가 나는 것도
꽃보다 진한 향기가 나는 것도 인간의 마음이다
우리는 어느 곳을 향해 길을 떠나는 것일까

예사롭지 않은 자연의 되돌림 속에서
스스로 깨우치려는 계절의 변화에
나는 너를 의지하고
너는 나의 믿음으로
우리가 되는 강가에는
한결같은 좋은 예감
서로의 가슴은 희망으로 뜨거워진다

겨울의 초입에서
명료하게 알아버린 만남과 이별의 순간들
오로지 맑은 마음을 찾으려
하늘거리며 내리는 낙엽 소리에
하나하나 덜어내는 무게의 중심
어떤 스침에도 존재의 이유는 있고
우연히 들리는 사물의 호흡은 새롭다

창가에서
지나간 계절의 흔적을 살피며
나도 모르게 굳어버린 삶들의 열기에
별과 달 태양과 노을도
마음의 줄기에서 심장에 고이고
어둠과 밝음도 마음속에 있는 것
우리는 미지의 아름다움을 찾아
가을의 오솔길에서 단풍으로 물들어 간다

떠나는 계절

모든 것이 사라져도 흔적은 남아
공허한 자리에 고이는 지난날의 향기
모두가 떠나고 돌아오는 길목에서
하염없이 생각에 잠기면
다시 기다려야 할 그 날이
부표처럼 흔들리다 멀어져 간다

우리는 왜 길을 떠나야 하는 것일까
알곡을 찾아 헤매는 새들처럼
분주하게 배회하다
지는 해를 바라보며 보금자리를 찾아
무슨 근심 하나 덜어보고 싶은 사랑으로
묵묵히 지나는 하루를 의식하기도 한다

수많은 사연은 흐르는 물결로
아쉬운 이별을 알리고
차가워지는 날씨 계절도 깊어지면
아~ 모든 일상은 그런 것인가
알 수 없는 물음에 하늘을 보면
머지않아 하얀 눈도 시작 되겠다

숨 쉬는 철학

그대의 알몸에서 파릇한 전율을 느끼고 싶다
그대 영혼에서 빛나는 사랑
눈부신 백지 위에 받들 수 없어
그대와 함께 새벽을 향해 가지만
어느덧 그대 향기에 내리는 이슬
수탉이 홰를 치며 본능의 감각을 깨우는 것은
이치의 사랑이 서로 깊었던 까닭

철학을 찾으려고 하면 할수록
육체에도 영혼에도 흔적이 없다
문명의 옷을 다 벗어 던지고
초혼의 여명이 흔들리는 시간
서로의 자연 행위에 이슬은 맑고
깊은 의미를 느낀다면
풀숲에 자라는 초목들이 대답 하리라

하나를 더하고 곱하는 게 아니고
없는 것에서 하나를 빼는 것이라고

동거

어느 날 왕거미와 같이 살았다는 것을 알았다
새까맣고 발이 여러 개인 귀한 손님
어느 때는 이불 속에서
어느 때는 구석진 작은 틈새에서 나와
기겁하며 달아나는 모습을 볼 때마다
양면의 고민을 한 적도 있다

실내를 깨끗하게 해도
어디로 들어오고 나가는지
그 비밀스런 입구는 알 수가 없다
귀뚜라미 돈벌레(그라마)도 그랬다
나는 그들이 실내의 해충을 섭생하는
이로운 익충이라는 것도 안다

물론 살충제를 사용하면 간단하다는 것도 안다
방법을 알아도 선택하지 않음은
게으름도 소심함도 아니다
그렇지만 그들이 살 수 있는 공간이
인간도 살 수 있는 공간
징그럽고 더럽다는 관념의 차이도

서로의 입장이 되어보면
보이지 않는 평화가 마음으로 보인다

문제는 서로의 믿음
서로 해할 생각이 없고
공존을 택한다는 것은 역학적인 신뢰

언젠가부터 고민도 잠들고
평화를 찾아가는 터전에서
서로를 인정한 여유는
슬기와 지혜의 우주가 되고
자연은 모두에게 공생의 원리를 적용
합당한 일체관의 영역을 구현해 줄 것이다.

바람의 벽화

계절의 깊이에서 불어오는
바람의 색상은 어떤 빛깔일까
진달래가 연분홍 가슴으로 문을 여는 봄의 화신
녹음이 짙은 여름에 어우러진 생명의 전령
여기저기 색상을 창조하는 가을의 성화 聖火
눈꽃으로 순백한 겨울 속의 동화
아니면 남모르게 사랑한 여인의 불타는 입술
어쩌면 나를 향한 연인들의 애틋한 분노

쉴 새 없이 다가와 머무는 보이지 않는 바람
태산의 준령에 보이지 않는 무늬를 새기고
서민들의 단조로운 햇빛 창가에서
틈새를 비집고 들어와
애환의 상처에 세월의 묘약으로 처방하고
서슴없이 떠나는 그 신비한 비밀은
아직도 영역을 헤아리지 못한다

내가 아직도 나를 모르고
그대들이 나를 모르는데
흘러가는 세월의 굴곡에는

사랑과 이별도 싹트던 보이지 않는 아린 공간
과거에도 현제에도 미래에도
바람과 함께 공존해야 하기에
보이지 않고 만질 수 없어 빛나는 가치
숨 쉬는 호흡기에서 생명을 여과하여
호수에서 물결도 만들고
바닷가에서 파도도 만들어
외로운 섬 절벽에 물결무늬를 그리며
인류가 살아온 만큼
지상의 종말이 와도 끝없이 함께해야 할
알 수 없는 미묘한 존재는
영혼의 노을에 아롱지는 수묵화

낚싯밥

특별한 별미로 유혹하는 방법 속에는
그만큼 상대성을 간파한 숨은 비밀의
간교함과 영리함의 양면성이 농후하다

우리가 사는 세상에서
그런 유혹을 자유롭게 벗어나는
어진 심성은 얼마나 될까
속성에 물들지 않고 탐욕의 덫을 넘어
현실의 생활에서 좀 부족해도
감사함으로 만족하는 여유로움
그 속에 고요하고 편안함이 있으며
행복과 행운의 조건이 은밀히 숨 쉰다

캄캄한 물속보다는 밝은 햇빛이 좋고
어둠보다는 맑은 하늘이
음지보다는 양지를 찾아
눅눅해지려는 마음을 향기롭게 건조하며
의식이 어두워질 때마다
힘들고 어려워질 때마다
권태로 삶이 침잠해질 때마다

인욕으로 다스리는 내면의 힘

참는다는 것은
힘든 역경에서 자신을 돌아보는 일
굴욕도, 하고 싶은 것도 하기 싫은 것도
초연하게 극복하며
덧셈과 뺄셈을 유연하게 증득해가는
중도를 지향하는 슬기로움
지나간 과거에 얽매이지 않으며
현실에서 비치는 거울을 찾아
미래에서 넉넉한 결실로 나를 그려보는 풍경화

오늘도 보이지 않는 어두운 동굴에서는
유혹의 미끼들이 마음을 흐리게 하고
산란하게 맴돌며 스쳐 가는 바람
호수에는 물든 단풍의 산이 잠기고
바다와 강에는 파란 하늘이
산과 바다 강 하늘 무엇을 낚아야 하는지
내 마음 그늘에는 달빛이 잦아든다

■ 글벗시선 152 황규헌의 열한 번째 시집

소나무의 영토

인 쇄 일 2021년 11월 10일
발 행 일 2021년 11월 10일
지 은 이 황 규 헌
펴 낸 이 한 주 희
펴 낸 곳 도서출판 글벗
출판등록 2007. 10. 29(제406-2007-100호)
주   소 경기도 파주시 와석순환로 16,(야당동)
　　　　　 롯데캐슬파크타운 905동 1104호
홈페이지 http://guelbut.co.kr
E-mail juhee6305@hanmail.net
전화번호 031-957-1461
팩   스 031-957-7319
가   격 15,000원
I S B N 978-89-6533-197-1 04810